妖《よう》怪《かい》ハンター・ヒカル

花ふぶきさくら姫《ひめ》

斉藤 洋・作 大沢幸子・絵

もくじ

河童《かっぱ》

ヒカルが前回《ぜんかい》ゲットした妖怪《ようかい》たち

戦《せん》国《ごく》荒《あら》武《む》者《しゃ》幽《ゆう》霊《れい》

かぶととまちがえて大《おお》がまをかぶったために死《し》んだ武士《ぶし》。ささった矢《や》をぬいてもらうまでは「大《おお》がま武士《ぶし》」とよばれていた。

七里《しちり》わらぐつ

一歩で二十八キロ進《すす》むことができる、わらぐつの妖怪《ようかい》。強力パワーの妖怪《ようかい》・雪女《ゆきおんな》にだまされていた。

赤目長耳《あかめながみみ》

雪女《ゆきおんな》にだまされて家来《けらい》になり、ヒカルを偵察《ていさつ》していた。巨大化《きょだいか》できるウサギの妖怪《ようかい》。

はじめに自己紹介《じこしょうかい》

ぼくは陰陽師《おんみょうじ》、芦屋光《あしやひかる》。とくいとする術《じゅつ》は〈燕火放炎《えんかほうえん》〉。東神鉄道《とうじんてつどう》グループ会長波倉四郎老人《なみくらしろうろうじん》にたのまれ、妖怪《ようかい》をあつめている……。

そんなふうにいうと、かっこよくきこえるかもしれないけれど、じつはぼくは小学生で、ぼくの式神《しきがみ》の黄金白銀丸《こがねしろがねまる》によれば、陰陽師《おんみょうじ》としてはようやく三分の一人前というところらしい。

式神《しきがみ》というのは、陰陽師《おんみょうじ》の助手《じょしゅ》のようなもので、黄金白銀丸《こがねしろがねまる》は左目が金色、右目が銀色の白猫《しろねこ》だ。黄金白銀丸《こがねしろがねまる》というのは長ったらしいから、ふだんはシロガネ丸《まる》とよんでいる。

ふだんということばで思いだしたから、わすれないうちにいっておくと、ふだんからシロガネ丸《まる》は猫《ねこ》としてはかなり大きいけれど、ときどきトラくらいの大きさになる。大きいということばが出たところで、ついでにいっておくと、シロガネ丸《まる》はぼくの式神《しきがみ》なのに、態度《たいど》がすごく大きい。ときどき、ぼくとシロガネ丸《まる》のどちらがどちらの助手《じょしゅ》なのか、わからなくなることがある。

東神鉄道《とうじんてつどう》というのは、東京《とうきょう》と神奈川《かながわ》をむすぶ鉄道《てつどう》会社で、東神《とうじん》グループの中心会社だ。グ

ループの中には、テーマパークの〈トウキョウ・オールディーズランド〉がある。東神《とうじん》グループ会長の波倉四郎《なみくらしろう》というおじいさんは、電気じかけやコンピューター管理《かんり》ではない新しいテーマパーク、〈瀬戸内妖怪島《せとうちようかいとう》〉を瀬戸内海《せとないかい》の島に作ろうとしている。その〈瀬戸内妖怪島《せとうちようかいとう》〉のために、波倉四郎《なみくらしろう》会長はほんものの妖怪《ようかい》をあつめているのだ！

ぼくはこれまでに、妖怪《ようかい》ハンターとして、いくつかの、というか、何人かの妖怪《ようかい》や幽霊《ゆうれい》を瀬戸内妖怪島《せとうちようかいとう》におくっている。もちろん、いつでも成功《せいこう》するわけではない。失敗《しっぱい》することもある。雪女《ゆきおんな》と戦《たたか》ったときなんか、さんざんな目にあった。ぼくはどうやら特異体質《とくいたいしつ》らしく、生まれてから一度《ど》も寒《さむ》いと感《かん》じたことがなかったが、そのときはじめて、寒《さむ》いというのがどういうことかわかった。

そうそう、これは特異体質《とくいたいしつ》っていえるかどうかわからないけど、ぼくが、暗《くら》いなあと思っていると、あたりが明るくなることがある。ぼくのまわりに火の玉があらわれて、ぶんぶんとびまわったりするのだ。電気スタンドのかわりになって、便利《べんり》だ。でも、見た人はぶきみがるにちがいない。

　ところで、ぼくのうちには〈封怪函《ふうかいかん》〉という小さな鉄《てつ》の箱《はこ》がつたわっている。その箱《はこ》には妖怪《ようかい》をとじこめる力がある。

　まあ、だいたいそんなところがぼくのかんたんな自己紹介《じこしょうかい》だ。

えっ？　〈燕火放炎《えんかほうえん》〉ってどんな術《じゅつ》かって？　それは、さきを読んでもらえれば、わかると思う。

一 夕がたのニュースと重傷《じゅうしょう》のトラウマ

クリスマスがすぎて、お正月にはまだ何日かあるという日の夕がただった。

それまでテレビを見ていたシロガネ丸《まる》は、いきなり立ちあがり、

「ちょっと、出かけてくる。」

といって、どこかへいってしまった。

シロガネ丸《まる》は日が暮《く》れてもかえらず、けっきょくその日はもどってこなかった。そういうことは、これまでに何度《なんど》もあったし、なにしろシロガネ丸《まる》はふつうの猫《ねこ》ではないから、べつにぼくは心配《しんぱい》もしなかった。

もし、シェパードやドーベルマンとかの大型犬《おおがたけん》がどこかからにげだし、シ

ロガネ丸《まる》を見て、

〈あんなところに白い猫《ねこ》がいるから、ちょっとからかってやれ。〉

なんて思ったとしたら、その大型犬《おおがたけん》はものすごく後悔《こうかい》することになるだろう。走ってうちにかえり、二度《ど》とにげだそうとは思わなくなるにきまっている。

それはともかく、つぎの日のおひるごろになって、外で母さんがだれかと話す声がきこえた。

「あらまあ、いつもすみませんね。どうもありがとうございます。いえ、そんな。あしたですか。もちろん、よろしゅうございます。どうせ冬休みですから、何日でもどうぞ。いえ、べつに冬休みじゃなくたって、もちろんいいんですのよ。学校なんて、いくらでも休ませますから。いえ、そんな、だいじょうぶでございますよ、うちは。それでは、会長様《さま》によろしくおつたえくださいませ。いえいえ、まあ、はい。失礼《しつれい》いたします……。」

母さんが話しているあいては男の人らしかったが、声が低《ひく》くて、何をいっているのかまではわからなかった。けれども、母さんのことばから、あいてがだれなのかはすぐにわかった。波倉四郎《なみくらしろう》会長の車の運転手《うんてんしゅ》だ。

ぼくが家の外に出てみると、ちょうど黒塗《くろぬ》りの大型《おおがた》ベンツが走り去《さ》っていくところだった。それを見おくっている母さんを見れば、左うでに東神《とうじん》デパートの包装紙《ほうそうし》につつまれた大きな箱《はこ》をかかえ、右うでででシロガネ丸《まる》をだっこしている。よく見ると、シロガネ丸《まる》は口にふうとうをくわえている。

シロガネ丸《まる》は父さんや母さんのまえではけっしてしゃべらないから、ふたりとも、シロガネ丸《まる》をただの白猫《しろねこ》だと思っているはずなのだ。

それでも、母さんなんかは、シロガ

ネ丸《まる》のいるところではシロガネ丸《まる》を〈シロガネ丸様《まるさま》〉とよび、いないところでも、〈シロガネ丸《まる》さん〉といって、けっしてよびすてにはしない。

シロガネ丸《まる》は波倉《なみくら》会長からあずかっているという形になっていて、ちゃんとあずかり賃《ちん》ももらっている。ところが、そのあずかり賃《ちん》というのは、父さんが会社からもらっている月給《げっきゅう》より多いし、あずかり賃《ちん》だけではなくて、何かあるたびに、波倉《なみくら》会長から母さんに贈《おく》り物がとどくから、母さんとしても、シロガネ丸《まる》に、〈様《さま》〉や〈さん〉くらいつけたくなるのだろう。

ぼくは母さんからシロガネ丸《まる》をうけとり、両《りょう》うででかかえて、

「会長のところにいってたのか。」

といった。

もちろんシロガネ丸《まる》は何も答えない。口にふうとうをくわえているからではない。母さんのまえでは口をきかないのだ。

「どこへいってようと、そんなのかってじゃないの！」

そう答えたのは、シロガネ丸《まる》ではなく、母さんだった。

母さんはシロガネ丸《まる》の頭をなでると、

「ねえ、シロガネ丸様《まるさま》！」

といって、さきに家に入ってしまった。

ぼくはシロガネ丸《まる》をかかえたまま、自分のへやにもどった。そして、シロガネ丸《まる》をベッドの上におろした。すると、シロガネ丸《まる》は口にくわえていたふうとうをおとして、いった。

「中に捕獲依頼《ほかくいらい》のカードが入っている。」

ぼくはふうとうをひろいあげ、ふうを切って、中からカードをとりだした。

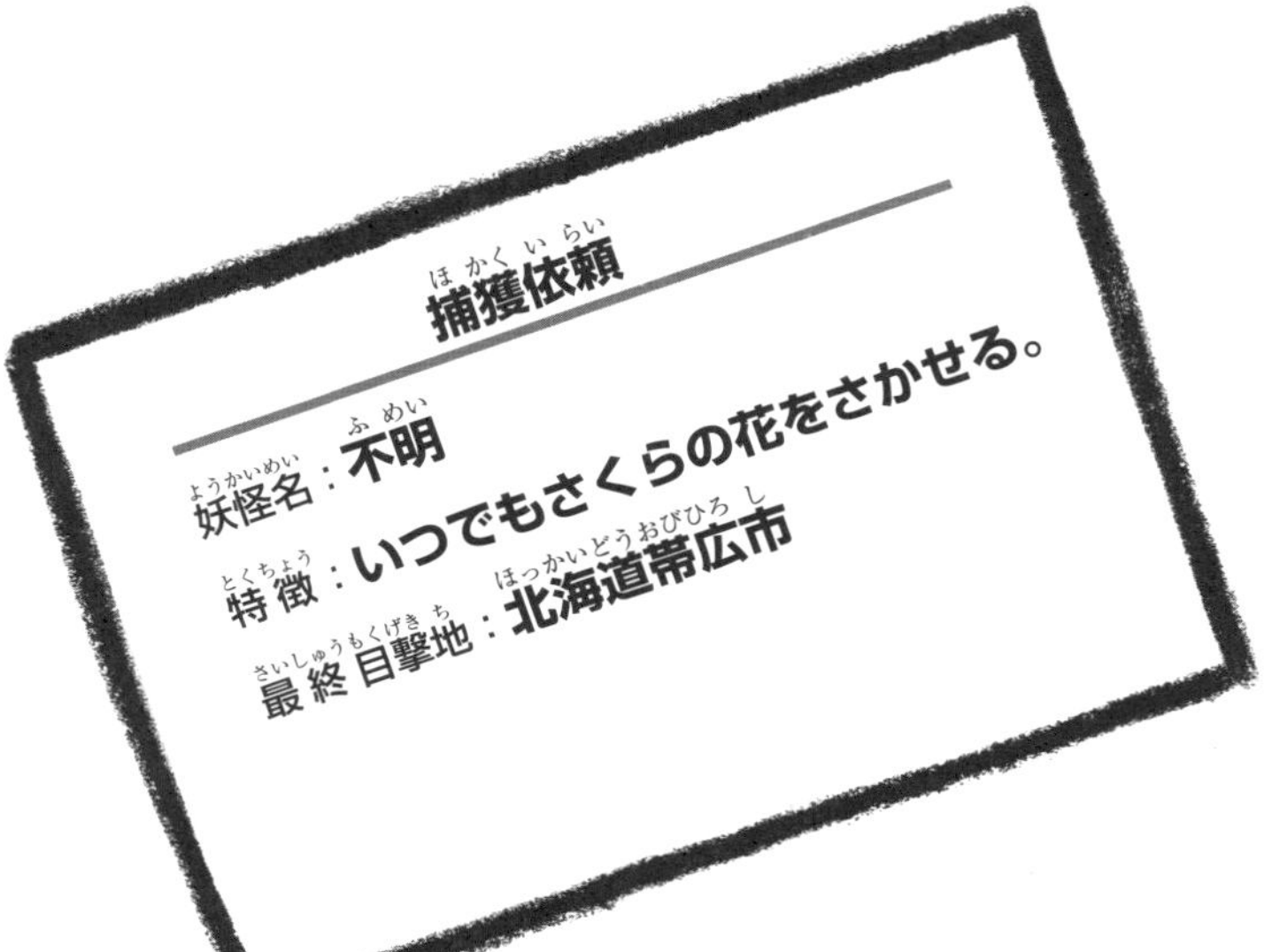

捕獲依頼《ほかくいらい》
妖怪名《ようかいめい》：不明《ふめい》
特徴《とくちょう》：いつでもさくらの花をさかせる。
最終目撃地《さいしゅうもくげきち》：北海道帯広市《ほっかいどうおびひろし》

カードを読みおえ、ぼくが、

「帯広市《おびひろし》って……。」

とつぶやいたとき、へやに母さんが入ってきて、いった。

「ヒカル！　あした、朝早く、ハイヤーがむかえにくるって。早くねるために、きょうは一時間、夕食を早くするからねーっ。うらやましいわねーっ！　会長さんと、箱根《はこね》の温泉《おんせん》にでもいくのかしら。」

母さんは、それから父さんも、ぼくがどんなしごとをしているか知らない。ものずきな金もちのとしよりのあそびにつきあっているくらいにしか思っていないのだろう。ぼくが波倉《なみくら》会長とあそんでいるかぎり、シロガネ丸《まる》はうちにいて、シロガネ丸《まる》がうちにいるかぎり、父さんの月給《げっきゅう》より多いお金が毎月入ってくるのだから、まあ、それでいいじゃないか……、ということらしい。

母さんがへやを出ていってから、ぼくはシロガネ丸《まる》のとなりにこしをおろして、いった。

「会長によばれて、出かけてたのか？」

シロガネ丸《まる》は首をふった。

「ちがう。よばれたわけじゃない。こっちから出むいてやったのさ。たぶん、おまえとおれに用があると思ったからな。」

「どうして、そんなことがわかったんだよ。それに、これ、何？『いつでもさくらの花をさかせる』妖怪《ようかい》って？」

ぼくがそういって、カードを読みなおしていると、シロガネ丸《まる》がため息《いき》をついて、いった。

「あーあ、これだもんなあ。きのうの夕がたのテレビのニュースを見てれば、わかりそうなもんじゃないか。おまえもおれといっしょに見ていただろうが。」

そういえば、きのうの夕がた、ニュースで、

どこかで季節《きせつ》はずれのさくらがさいたとかなんとかいっていたような気がする。ぼくは、ばんごはんのおかず、何かなあ……なんて考えながら、うとうとしていたから、テレビの画面《がめん》は見ていなかった。音だけしかきいていなかったけれど、アナウンサーが、帯広《おびひろ》がどうのといっていたような気がする。

「ニュース、ちゃんと見てなかったからなあ……。」

ぼくはそうつぶやいてから、なんとなく、

「妖怪《ようかい》がさくらの花をさかせているってことかあ。〈不明《ふめい》〉っていうのは、〈不明《ふめい》〉っていうのが妖怪《ようかい》の名まえってわけじゃなくて、名まえがわからないってことだよね。さくらの花をさかすなら、〈はなさかじじい〉っていう名まえだったりして。」

といった。すると、シロガネ丸《まる》は自信《じしん》たっぷりに答えた。

「花をさかせているのはおそらく妖怪《ようかい》だろう。だが、『はなさかじじい』という名まえじゃないことだけはたしかだ。」

「どうして、そんなこと、いいきれるんだよ。〈はなさかじじい〉かもしれないじゃないか。それとも、〈さくらじじい〉とかだったりして。」

「〈はなさかじじい〉でもないし、〈さくらじじい〉でもない。なぜなら、波倉《なみくら》四郎《しろう》が北海道《ほっかいどう》の新聞社からえた情報《じょうほう》によれば、その妖怪《ようかい》は女だからだ。目撃者《もくげきしゃ》が何人かいて、雪のふりしきる夜、満開《まんかい》のさくら林の中で、着物《きもの》をきた美女《びじょ》がおどっていたという。」

それをきいて、ぼくはすぐに断言《だんげん》した。

「だめだ。それはやめよう！　雪と美人《びじん》のどちらかひとつでもうんざりするのに、ふたつセットになっているなんて！　だめ、だめっ！」

ぼくは雪女《ゆきおんな》と戦《たたか》って、さんざんな目にあったことを思いだしたのだ。

そういう気もちを見ぬいたのだろう。シロガネ丸《まる》がいった。

「おまえ、雪女《ゆきおんな》のことを思いだして、ビビってるな。」

「ビビってなんかない！」

と、ぼくがいいかえしたかというと、そんなことはなかった。

「もちろん、ビビってる！」

ぼくはそういいはなったのだ。

シロガネ丸《まる》はふうと息《いき》をはいて、つぶやいた。

「こりゃあ、トラウマになっているな。」

ぼくは首をかしげた。

「なんだよ、それ。シマウマのしんせきか？」

「ちがう。トラウマというのは、精神的外傷《せいしんてきがいしょう》っていういみだ。つまり、心の傷《きず》さ。おまえ、雪女《ゆきおんな》に完敗《かんぱい》したのが、心の傷《きず》になってるんだろう。」

「あたり！　しかも、ただの傷《きず》じゃないよ。重傷《じゅうしょう》！　だから、帯広《おびひろ》にはいかないからね。完全《かんぜん》にそのトラウマってやつ！　黄色に黒のしまもようのウマだ。」

「なんだ、それ？　黄色に黒のしまもようって……。」

シロガネ丸《まる》はそういってから、すぐに気づいて、いいたした。

「ああ、トラのもようのシマウマか。」

それから、シロガネ丸《まる》はベッドからとびおりて、

「そんなくだらないことがいえるくらいなら、だいじょうぶ。このさい、雪と美人《びじん》のトラウマをふっきるためにも、ぜひ帯広《おびひろ》にいこうぜ。だが、今すぐじゃない。今は台所《だいどころ》にいって、ハムを食べよう。さっき、おまえのママがもらったつつみのなかみは極《ごく》上《じょう》のハムさ。北海道産《ほっかいどうさん》のな。きっと、おまえのママは今ごろ、台所《だいどころ》で味見《あじみ》を

している。」

といいのこし、へやから出ていってしまったのだった。

その夜、ぼくは近所の公園で、ひさしぶりに〈燕火放炎《えんかほうえん》〉の練習《れんしゅう》をした。

母さんが波倉《なみくら》会長から極上《ごくじょう》のハムのセットをもらってしまい、しかも、ぼくもそれを夕ごはんのときに食べてしまったことでもあるし、北海道《ほっかいどう》にぜんぜんいかないってわけにはいかないだろう。ようすぐらいは見にいかなければ、かっこうがつかない。

燕火放炎《えんかほうえん》という術《じゅつ》は、手から火を出す術《じゅつ》だ。ボールをなげるようなかっこうで、連続《れんぞく》して手をじゃんけんのグー、チョキ、パーの形にすると、野球《やきゅう》のボールくらいの火の玉がとびだしていく。このとき、呪文《じゅもん》をとなえるのだが、その呪文《じゅもん》によって、火の玉のとびかたをかえることができる。まっすぐにとばすときの呪文《じゅもん》は、〈燕火放炎《えんかほうえん》、具有直波《ぐうちょくば》〉、右《みぎ》にまげるなら、〈燕火放炎《えんかほうえん》、具有右曲波《ぐううきょくば》〉、左《ひだり》にまげるなら、〈燕火放炎《えんかほうえん》、具有左曲波《ぐうさきょくば》〉、めちゃくちゃ

にまげてとばすなら、〈燕火放炎《えんかほうえん》、具有乱曲波《ぐうらんきょくぱ》〉だ。今のところ、この四つがぼくのレパートリーになっている。
公園での練習《れんしゅう》は、噴水池《ふんすいいけ》のほとりで、むこう岸《ぎし》近くの水面《すいめん》にむかって火をなげるというものだ。そうすれば、火事にならない。その夜の練習《れんしゅう》では、ひさしぶりだったにもかかわらず、火の玉はけっこうよくとんだ。

けれども、ちょっといっておくと、雪女《ゆきおんな》のときには、〈燕火放炎《えんかほうえん》〉はまるで通用せず、いくらぼくが術《じゅつ》をくりかえしても、雪女《ゆきおんな》はおどろくどころか、そもそもそれが術《じゅつ》だとは思いもしなかったようで、

「なんだ、今のは？　おふざけはやめにして、さっさとおまえの術《じゅつ》を使《つか》え！」

なんていったくらいだ。それを思いだすと、ぼくは、いくら術《じゅつ》がうまくいっても、

「よっしゃーっ！」

なんてさけび、グーにした右手で、パーにした左手をポンとたたくような気分にはなれなかった。

やはり、雪女《ゆきおんな》のことはかなり重傷《じゅうしょう》のシマウマ……じゃなかった、トラウマになっているのだろう。

二　地図上の四つの赤い点と一時間だれも通らないのがふつうの道

　ぼくはヘリコプターには乗《の》ったことがあるけれど、飛行機《ひこうき》ははじめてだった。さくらの花をさかせる美人《びじん》の妖怪《ようかい》のことは、ぜんぜん楽しみじゃなかったけれど、飛行機《ひこうき》は楽しみだった。いったいどの航空《こうくう》会社のどんな旅客機《りょかくき》でいくのかと思ったら、波倉《なみくら》会長の自家用小型機《じかようこがたき》だった。小型機《こがたき》といっても、機首《きしゅ》にプロペラがついているようなやつではなく、ちゃんとした双発《そうはつ》ジェット機《き》だ。

　帯広空港《おびひろくうこう》に着陸《ちゃくりく》したとき、小雪がふっていた。もちろん、あたりは雪がつもり、白一色だった。ぼくとシロガネ丸《まる》は、空港《くうこう》にむかえにきてくれた車に乗《の》って、ひとまず帯広東神《おびひろとうじん》ホテルに案内《あんない》された。車の運転手《うんてんしゅ》は、いつも会長の車を運転《うんてん》している無口《むくち》な人だった。もちろん、車はいつもの車ではない。これなら、どんな雪がつもっているところでもぐんぐんずいずい走っちゃうもんね、というような国産《こくさん》の４ＷＤ《ダブリュディー》車だった。どうやら、運転手《うんてんしゅ》はきのうのうちに、こちらにきていたらしい。

朝には東京《とうきょう》にいたのに、おひるにはもう北海道《ほっかいどう》にいるなんて、飛行機《ひこうき》ははやくて、便利《べんり》だ。飛行機《ひこうき》に乗《の》ったあたりから、だんだんぼくは気分がよくなってきていた。

そして、飛行機《ひこうき》でもりあがってきた気分は、帯広《おびひろ》に着《つ》くと、ますますハイになった。

北海道《ほっかいどう》の雪は、天然《てんねん》百パーセントの雪で、雪女《ゆきおんな》がふらせた雪とはちがって、すがすがしいのだ！　空気の冷《つめ》たさも、自然系《しぜんけい》のさわやかさで、これまた雪《ゆき》女《おんな》のかもしだす妖怪系《ようかいけい》の冷《ひや》やかさではない。ぜんぜん寒《さむ》くない。ぼくは、出がけに母さんにむりやりきせられたひざまでのダウンをぬぎすてたくなったくらいだ。

　ぼくとシロガネ丸《まる》はホテルの特別室《とくべつしつ》でおひるごはんを食べた。最上階《さいじょうかい》のレストランは、〈ペットおことわり〉なのだ。もちろん、波倉《なみくら》会長に電話をして、

「あのう、ホテルのレストランがペット禁止《きんし》で、シロガネ丸《まる》が入れないんですけど……。」

なんていえば、シロガネ丸《まる》もレストランに入れるように手配《てはい》してもらえるのだろうし、じっさいぼくはシロガネ丸《まる》に、そうしようか、と提案《ていあん》してみたのだが、シロガネ丸《まる》は首をふった。

「なにもそこまでして、最上階《さいじょうかい》のレストランに入れてもらうことはない。おれたちのへやは最上階《さいじょうかい》のすぐ下の階《かい》だし、けしきもいい。へやで食べても、料理《りょうり》

はレストランのと同じだからな。」

その料理《りょうり》は、注文《ちゅうもん》しないのに、ぼくたちがへやに入ってすぐにとどいた。ぼくのはハンバーグだったが、シロガネ丸《まる》のは、食べやすいように小さく切ったステーキだった。入れ物も、ペット用ではなく、ぼくのと同じ白いおさらにのっていた。

おひるごはんを食べおわったころ、運転手《うんてんしゅ》が帯広付近《おびひろふきん》の地図をもってきた。そして、大きなテーブルの上にひろげると、

「赤いしるしがついているところが、これまで目撃《もくげき》された場所です。1から4まで数字が入っていますが、それは目撃《もくげき》された順番《じゅんばん》です。さいしょに目《もく》撃《げき》されてから、五日ごとにあらわれています。そして、さいごに目撃《もくげき》されたのが、ちょうど五日まえです。」

といって、へやから出ていってしまった。

「五日ごとに出ていて、まえに出たのが五日まえなら、きょうあたりあぶな

いね。」

ぼくがそういうと、シロガネ丸《まる》は、

「そうだな。」

といって、テーブルの上にとびのった。そして、地図を見て、いった。

「これは、波倉四郎《なみくらしろう》のうちで見たものと同じ地図だ。これを見て、つぎに妖怪《ようかい》があらわれる場所をあてるのが、今回《こんかい》のおまえのさいしょのしごとだな。」

「つぎに妖怪《ようかい》があらわれる場所って、そんなの、わかるわけないだろ。」

ぼくはそういって、地図をのぞきこんだ。

すると、シロガネ丸《まる》はずかずかと地図の上にあがりこみ、ぼくを見あげて、いった。

「そうやって、『そんなの、わかるわけないだろ。』なんていっている態度《たいど》じゃあ、わかるものもわからないな。おまえの先祖《せんぞ》の蘆屋道満《あしやどうまん》は、ヘビの妖《よう》怪《かい》がおとしていったかみのけ一本を見て、そいつが住《す》んでいる沼《ぬま》をさがしあてたぞ。おまえなんか、ヘビの妖怪《ようかい》が沼《ぬま》から顔を出して、赤くて長い舌《した》をベロベロ出していても、それがヘビの妖怪《ようかい》だって気づかずに、『すみません。このへんで、ヘビのおばけを見ませんでしたか?』なんてきいちゃったりするんじゃないか。」

「ずいぶんいやみなことをいうね。いくらぼくだって、沼《ぬま》から顔を出して、赤くて長い舌《した》をベロベロ出したりしていたら、ふつうじゃないってわかるよ。」

ぼくはそう答えてから、シロガネ丸《まる》がいったことにおかしな点があることに気づいた。

「だけど、シロガネ丸《まる》。へんじゃないか。なんで、ヘビなのに、かみのけがあるんだよ。」

すると、シロガネ丸《まる》はいかにもばかにしたように、大きくため息《いき》をついてから、

「あのね。ヘビとヘビの妖怪《ようかい》はちがうんだぜ。ヘビにかみのけはなくても、ヘビの妖怪《ようかい》にはあるんだ。ヘビは何百年も生きると、妖力《ようりょく》がついて、人間のすがたになれるのさ。そんなことより、地図を見て、早く、妖怪《ようかい》が出そうな地点をさがせよ。」

といって、地図の上からどいた。

「ところで、そのヘビの妖怪《ようかい》って、女だったの？」

ぼくがたずねると、シロガネ丸《まる》はあたりまえのように答えた。

「そうだよ。」

「やっぱりね……。それで、美人《びじん》だった？」

「ああ。口から舌《した》をベロベロ出すところをべつにすれば、なかなかすてきな女だったよ、蘆屋道満《あしやどうまん》ごのみの。」

「どんな美人《びじん》だって、赤くて長い舌《した》をベロベロさせるんじゃあね。それに、美人《びじん》ってところで、もういやだよ。美人《びじん》は何をするか、わかったもんじゃないからなあ。」

ぼくはそういって、地図を見た。そして、

「ええと、ここが帯広駅《おびひろえき》で、ここが空港《くうこう》か。駅《えき》と空港《くうこう》の東がわに、赤い点がふたつ南北にならんでいるね。」

なんていいながら、ふたつの点をむすぶ線を指《ゆび》でなぞってみた。北の点のよこに2という数字が、そして、南の点のそばに3が書きこまれている。ふたつの点より北西、地図でいうと左上にもうひとつ点がある。そこには1が書かれている。1、2、3の三つの点をむすぶと、ちょうどひらがなの〈く〉

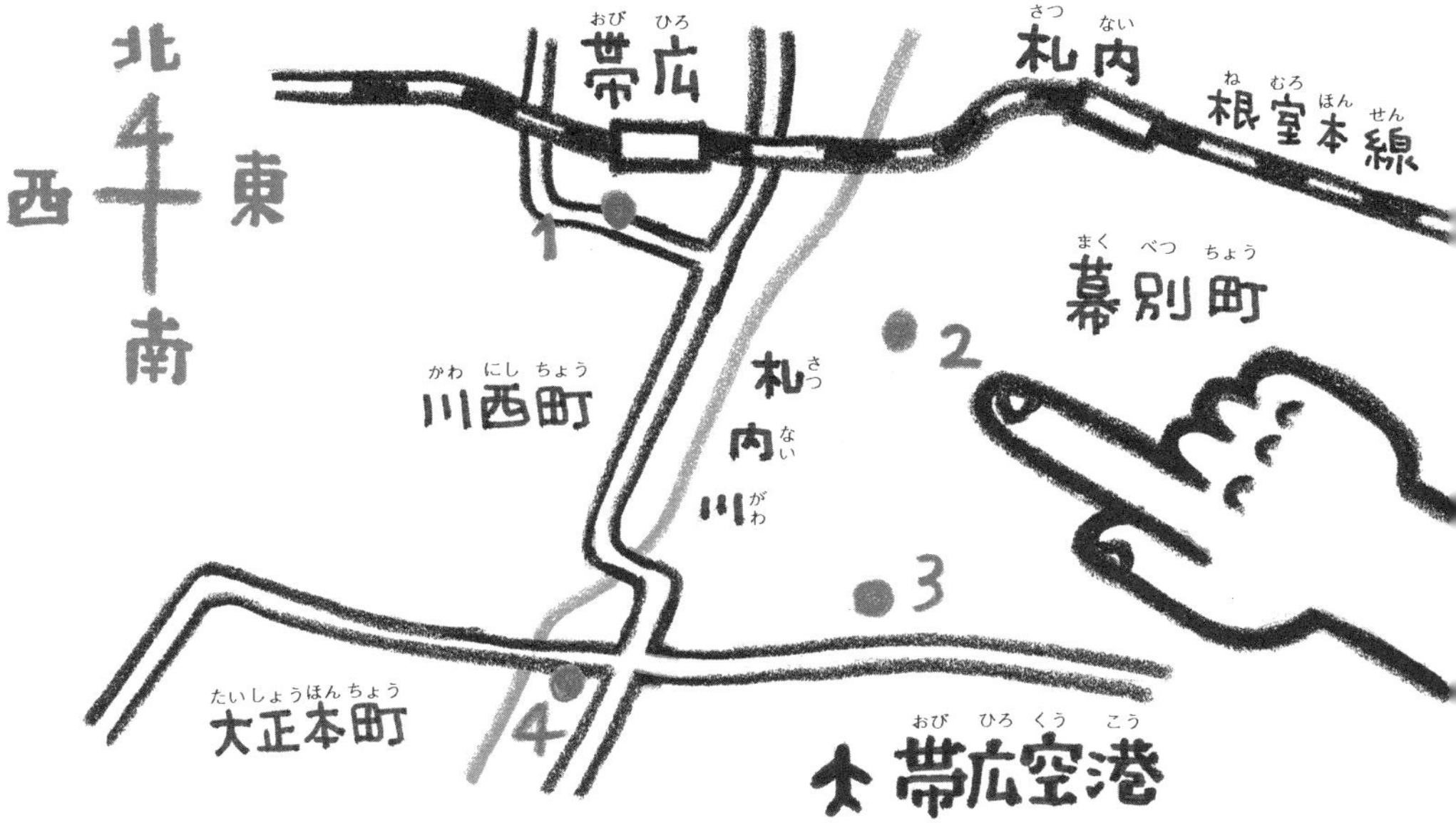

の字を左右はんたいにしたような形になる。そして、いちばん南の点の西にもうひとつ点がある。そこには4と書かれている。

ぼくは四つの点をじっと見つめて、あることに気づいた。

「ねえ、シロガネ丸《まる》。その妖怪《ようかい》は五日ごとにあらわれるっていうことだったよね。」

「そうだ。」

シロガネ丸《まる》はぶっきらぼうに答えたが、どことなく、声に、

〈よしよし、その調子《ちょうし》！〉

というようなひびきがあった。

「5という数字がキーになるとすれば、点は四つ

だから、あとひとつたりない。だから、ひとつ点をおぎなって、点を五つにすれば……。」

ぼくはそういいながら、地図の一点を指《ゆび》でさししめした。それは、そこに点をかきこみ、五つの点をむすぶと正五角形になるような点だった。

「ここだよ、シロガネ丸《まる》。それに、今わかったけれど、さくらの花びらの数は五まいだ。花びらのさきのわれめを直線でむすぶと、正五角形になるからね。」

「そのとおり！　よくわかったな、ヒカル。さすがに、蘆屋道満《あしやどうまん》の血《ち》をひく陰陽師《おんみょうじ》だけはあるな。」

シロガネ丸《まる》はそういって、テーブルの上に

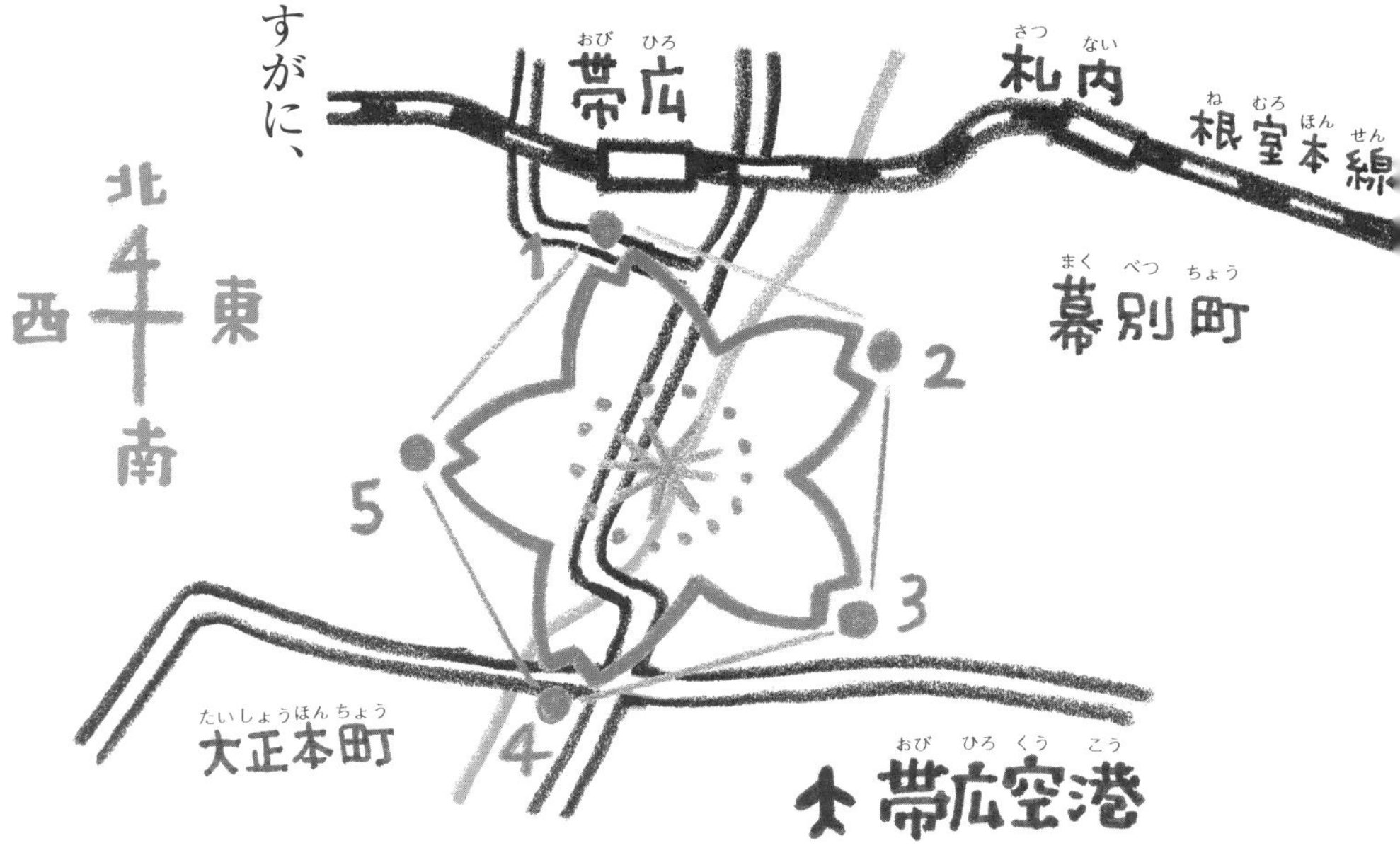

猫《ねこ》ずわりをし、満足《まんぞく》そうに目をほそめた。

ぼくはうで時計をちらりと見てから、いいはなった。

「その場所に妖怪《ようかい》があらわれるのは、午後五時だ！」

するとシロガネ丸《まる》は目を見ひらき、

「そのとおり！」

といったかというと、そうではなく、

「考えもなしに、すぐそういうふうに推理《すいり》するところは、蘆屋道満《あしやどうまん》の子孫《しそん》らしくないいんだよなあ。」

といってから、いいたした。

「ここは、おれたちが住《す》んでいる東京《とうきょう》とはちがうんだ。たとえば、おまえのうちのまえで二、三分立っていたら、だれか通るよな。歩きじゃなくて、自《じ》転車《てんしゃ》や車に乗《の》ってるかもしれないが、とにかく、だれか通る。ところが、ここいらあたりの、しかも国道からちょっと入ったあたりは、道に一時間つっ立っていても、だれも通らないなんてことはふつうなんだ。しかも、その道からもはなれた雪原だったら？　午後五時ちょうどなんてきめていたら、せっかくあらわれても、だれにも見られないってことになる。」

「あ、そうか……。」

なっとくするぼくに、シロガネ丸《まる》はさらにいった。

「いいか、ヒカル。その妖怪《ようかい》は今まで四回とも、だれかに見られているんだ。ということは、見られるようにしているということ。つまり、だれかがくるのをまちかまえているということだ。波倉《なみくら》四郎《しろう》がしらべたところによると、四回とも、林の中でおどっていたということだ。だけど、地図にしるしのある四地点には、林などない。木が何本かある場所はあるが、林というほどではない。」

ぼくはごくりとつばをのみこんでから、いった。

「じゃあ、そいつは林ごとあらわれるってこと……。」

「たぶんな。目撃者《もくげきしゃ》は、そいつがあらわれるのをまっていたわけじゃないだろうから、林が出現《しゅつげん》するところは気づかなかったのだろう。ふと見ると、林があって、さくらの木の花が満開《まんかい》になり、その下で着物《きもの》すがたの美人《びじん》がおどっている……、まあ、そんな光景《こうけい》を目撃《もくげき》したんだろうな。」

シロガネ丸《まる》はそういってから、ぽつりとつぶやいた。

「蘆屋道満《あしやどうまん》がその光景《こうけい》を見たら、さぞ、よろこんだろうなあ……。」

「蘆屋道満《あしやどうまん》は、かみのけのあるヘビ女だってすきなんだから、はなさかじじいみたいな美人妖怪《びじんようかい》もすきかもね。」

ぼくはそういったけれど、〈はなさかじじいみたいな美人妖怪《びじんようかい》〉ってどんなやつなのか、自分でも想像《そうぞう》できなかった。

シロガネ丸《まる》はテーブルからゆかにとびおりて、いった。
「腹《はら》ごしらえもできたし、そろそろいくか。日が暮《く》れたら、妖怪《ようかい》はあきらめてかえってしまうかもしれない。夜になったら、それこそだれも通らないからな。」

ぼくはへやの出口まで歩いていって、ドアをあけた。シロガネ丸《まる》がさきに出ていく。ぼくもあとからろうかに出て、ドアをしめた。

エレベーターで一階《かい》におりると、ロビーで運転手《うんてんしゅ》がまっていて、ぼくたちを見ると、さっとソファーから立ちあがった。

三 ポケットのなかみとはだしのシロガネ丸《まる》

問題《もんだい》の場所は、国道二百三十六号線《ごうせん》から小道に入った雪原にあった。

北国の冬は昼がみじかい。それに、厚《あつ》い雲からは、小雪がはらはらと舞《ま》いおちている。まだ、日の入りまでだいぶ時間があるはずなのに、あたりはうす暗《ぐら》くなってきている。

運転手《うんてんしゅ》は小道でぼくとシロガネ丸《まる》をおろすと、

「国道でおまちしておりますから。」

といって、ほそい雪道をバックでもどっていってしまった。

それにしても、かたがずしりと重《おも》い……。

もう、妖怪《ようかい》が近くまできているからかというと、そうではない。シロガネ丸《まる》がぼくの首に、えりまきみたいになって、まきついているのだ。

「人間は首がひえると、かぜをひくのだ。おまえにかぜをひかれたら、ふだん世話《せわ》になっているおまえのママにもうしわけないからな。」

4W《ダブリュ》D《ディー》車をおりて、目的《もくてき》地点にむかって雪原を歩きはじめたとき、シロガネ丸《まる》はそういって、ぼくの首にまきついてきたのだ。

「そんなこといって、ほんとうは自分が寒《さむ》いからじゃないか。」

ぼくがそういうと、シロガネ丸《まる》はあっさりとみとめた。

「ばれたか。そのとおり！」

「だけど、雪女《ゆきおんな》のときには、

そんなに寒《さむ》がらなかったじゃないか。」

「あれは、おまえ。すぐに戦《たたか》いがはじまっちゃって、寒《さむ》がっているひまがなかったし、あの寒《さむ》さは雪女《ゆきおんな》の妖力《ようりょく》による寒《さむ》さだから、こういう天然《てんねん》の寒《さむ》さとはちがう。おれくらいの式神《しきがみ》になると、妖力《ようりょく》による寒《さむ》さよりも天然《てんねん》の寒《さむ》さのほうがこたえるんだ。」

シロガネ丸《まる》はそんなおかしなりくつをいって、ぼくのかたからおりようとしなかった。

シロガネ丸《まる》には首にまきつかれるし、ダウンのジャケットはきているし、しかも、4W《ダブリュ》D《ディー》車に用意《ようい》されていた〈厳寒地用長靴《げんかんちようながぐつ》〉というのをはいているので、ぼくはだんだん暑《あつ》くなってきていた。それで、

「ダウン、ぬごうかな。」

というと、シロガネ丸《まる》は、

「ダウンをぬぐ？　そりゃあ、なかなかいい考えだ。おれは賛成《さんせい》だね。」

といって、ぼくがぬぎやすいように、雪の上にとびおりた。

ぬぐとき、ぼくはダウンジャケットのポケットに手をつっこんでみた。うちを出るときにきてから、ぼくは一度《ど》もポケットに手を入れていなかった。寒《さむ》くもないのに、ポケットに手を入れる必要《ひつよう》はない。けれども、ぬいで、そのへんにおいておき、ポケットに入っているものをおとしてはいけないと思ったのだ。ぬぐなら、ポケットのものをズボンのポケットにうつしておいたほうがいい。

右のポケットには何も入っていなかったが、左のポケットに入れた手の指先《ゆびさき》に紙きれのようなものがさわった。ひっぱりだしてみると、それは千円札《さつ》だった。

「なんで、こんなところにお金が入っているんだ?」

ぼくがひとりごとをいうと、シロガネ丸《まる》が、

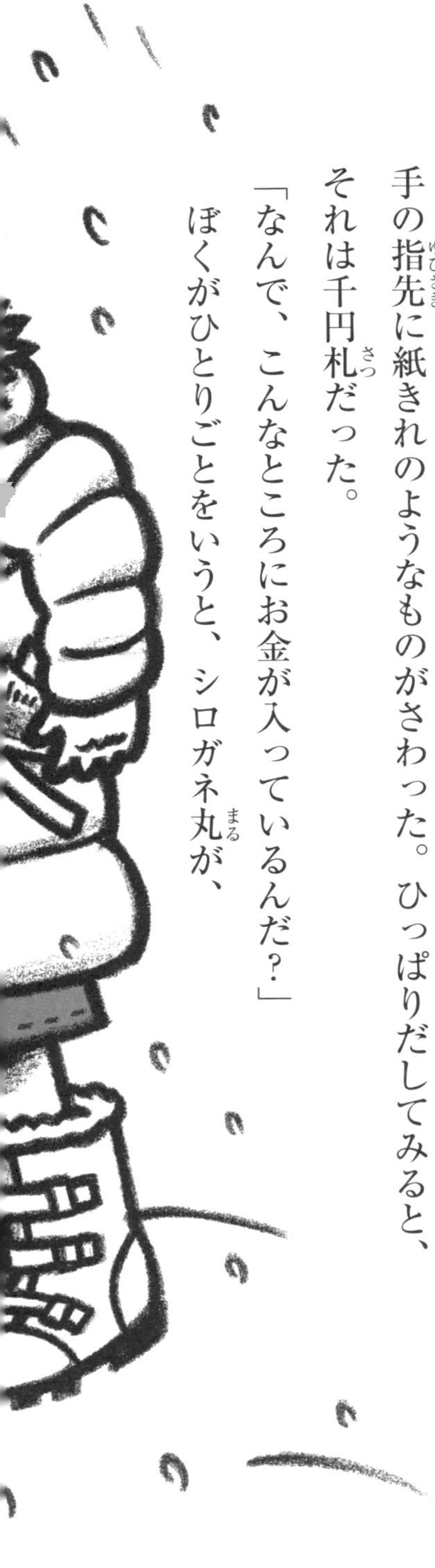

「やっぱり、親だねえ……。」

と感心《かんしん》したような口ぶりでいった。

ぼくは、そのことばのいみがわからず、たずねた。

「それ、どういうこと？」

「おまえがどこかにあそびにいくと思って、おまえのママがおこづかいを入れておいてくれたんだろ、きっと。」

「そうかな。」

「そうだよ。」

「じゃあ、これ、かえりに使《つか》っちゃっていいかな。空港《くうこう》の売店に、飛行機《ひこうき》のついた携帯《けいたい》ストラップがあったんだ。値段《ねだん》を見たら、定価《ていか》千円消《しょう》費《ひ》税《ぜい》込《こ》みって書いてあった。」

「じゃあ、それを買《か》えばいい。だけど、それよりまえにやることがある。」

「わかってるよ。妖怪《ようかい》のことだろ。」

「それもあるが、妖怪《ようかい》が出てくるまえっていうか、今すぐすることがあるだろ。」

「燕火放炎《えんかほうえん》の練習《れんしゅう》でもする？」

「今ごろ練習《れんしゅう》して、どうするんだ。今すぐすることって、ダウンジャケットをぬぐことだ。おまえは長靴《ながぐつ》をはいているからいいよ。おれははだしで雪の上に立っているんだ。冷《つめ》たくてしょうがないだろ。」

どうやら、シロガネ丸《まる》は、ぼくがダウンジャケットをぬいで、そのへんにおいたら、上に乗《の》る気らしい。

「わかったよ……。」

ぼくはそういって、千円札《さつ》をズボンの左のポケットにつっこんだ。右のポケットにしなかったのは、そこには、妖怪《ようかい》を入れる封怪函《ふうかいかん》が入っているからだ。

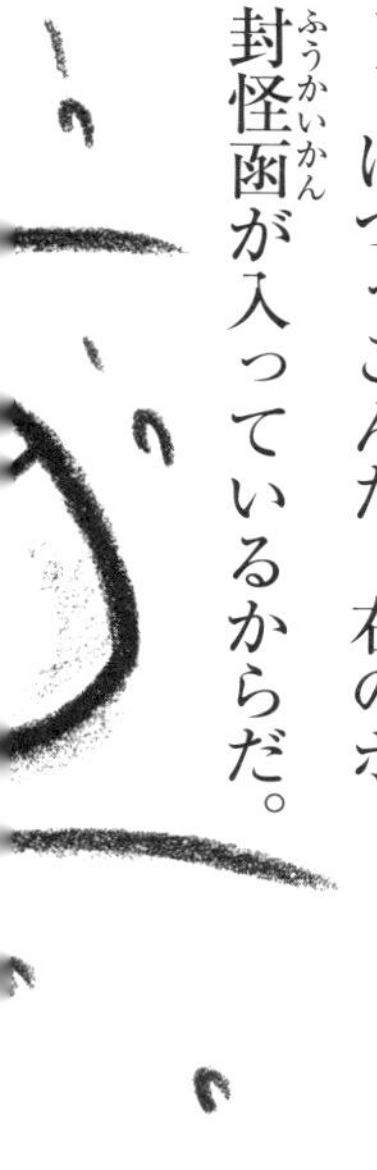

ぼくはダウンをぬいで、それを雪の上に
ひろげた。

シロガネ丸《まる》はダウンジャケットの上に乗《の》ると、

「これで少しはほっとできる。」

とつぶやいてから、ぼくを見あげて、いった。

「ところで、おまえ、こわくないのか？」

「こわいって、ぼくたちがまっている妖怪《ようかい》のこと？」

ぼくがききかえすと、シロガネ丸《まる》はうなずいた。

「ああ、そうだ。」

ぼくはいった。

「目撃者《もくげきしゃ》がいるってことは、その人は生きているってことだよね。しかも、ひとりじゃなくて、四回目撃《もくげき》されているから、最低《さいてい》でも四人は目撃者《もくげきしゃ》がいるんだ。そして、四人とも生きているってことは、その妖怪《ようかい》は、人間に悪《わる》さを

しないんじゃないか。もしかしたら、話しあいで、瀬戸内妖怪島《せとうちようかいとう》にきてくれるかもしれないって、そんな気がするんだ。」

「なるほどね。だが、目撃《もくげき》しても、それを証言《しょうげん》できないやつがいるかもしれないって、そうは思わないか。」

「ああ、そういう人もいるかもしれないね。証言《しょうげん》しようと思っても、新聞社やテレビ局《きょく》の人があいてにしてくれなかったとか？」

「そうじゃないよ。証言《しょうげん》したくても、できないっていうのは、つまりさ、もうこの世《よ》にいないって、そういういみだ。妖怪《ようかい》におそわれて、たまたま生きのこれたやつだけが証言《しょうげん》してるだけかもしれないって、そうは思わないのか？」

「えーっ！」

ぼくはおもわず、声をあげてしまった。

たしかに、生きている目撃者《もくげきしゃ》がいるからといって、目撃者《もくげきしゃ》がぜんぶ生きているとはかぎらない。

「そんなにおどろくなよ。だいじょうぶさ。もし、死傷者《ししょうしゃ》や行方不明者《ゆくえふめいしゃ》がいれば、警察《けいさつ》にとどけが出るはずだ。でも、そんな話はないようだしな。」

シロガネ丸《まる》のことばに、ぼくはほっとして、大きく息《いき》をついた。

けれども、ほっとしたのも一瞬《いっしゅん》だった。つづけて、シロガネ丸《まる》はこういったのだ。

「だけど、雪女《ゆきおんな》のときだって、一般人《いっぱんじん》に死傷者《ししょうしゃ》や行方不明者《ゆくえふめいしゃ》は出ていなかったしなあ。あのときは、一般人《いっぱんじん》ねらいじゃなくて、雪女《ゆきおんな》のターゲットは、陰《おん》陽師《みょうじ》のおまえひとりだったんだよなあ……。」

こんどは、ぼくはもう、

「えーっ！」

という声も出なかった。

ぼくは、ズボンのうしろのポケットに手を入れた。そこには、携帯《けいたい》電話が入っている。電話をかけて、4W《ダブリュ》D《ディー》車にむかえにきてもらおうと思ったのだ。ところが、ぼくが携帯《けいたい》電話をひっぱりだしたとき、シロガネ丸《まる》は、さっき4W《ダブリュ》D《ディー》車がひきかえしていったほうとはんたい方向《ほうこう》を見つめて、小さな声でいった。

「このあたり、携帯《けいたい》の電波《でんぱ》圏外《けんがい》じゃないか。それに、圏外《けんがい》じゃなくても、ちょっと手おくれかもなあ……。」

ぼくはシロガネ丸《まる》が見ているほうに目をやった。

いつのまにか、雪はやんでいた。もともとの地形がそうなのだろう。雪原はところどころ高くなったり、低《ひく》くなったりしている。シロガネ丸《まる》が見ているのは、ほかより高くなっているところだった。そして、その高くなっている場所が動《うご》いているようなのだった……。

四 術《じゅつ》くらべ さくら姫対《ひめたい》ヒカル丸《まる》

たしかに雪原は動《うご》いていた。少しずつ、もりあがっているのだ。そして、そのもりあがりのまん中あたりから、雪煙《ゆきけむり》をあげて、棒《ぼう》のようなものがつきでてきた。棒《ぼう》のようなものは、さきが左右にわかれている。

みるみるうちに、棒《ぼう》のようなものは高くのびていき、それに合わせるように、雪原もますますもりあがっていく。

うわん……と、ひときわ高く、雪煙《ゆきけむり》があがっ

た。棒《ぼう》のようなものはどんどんのびていく。そして、それが棒《ぼう》ではなく、たくさん枝《えだ》わかれした一本の木だとわかったとき、またしても、新しい木が何本もはえでてきて、たちまちあたりは林のようになってしまった。

こうなったらもう、にげるしかない！

ぼくはふりかえって、小道のほうにむかい、かけだそうとした。だが、にげるのももう手おくれのようだった。ぼくがにげようとした方向《ほうこう》も、雪原から一本また一本と、雪煙《ゆきけむり》をあげて、木がはえはじめていたのだ。

そちらの方向《ほうこう》だけではなかった。右も左も、どの方向《ほうこう》でも、木がはえだしている。しかも、それはただの木ではない。うちの近所の商店街《しょうてんがい》で、年に一度《ど》、阿波《あわ》おどりの大会がある。その阿波《あわ》おどりをしている人のうでのように、木の枝《えだ》がぐねぐね動《うご》いているのだ。もしこれで、木が阿波《あわ》おどりみたいに、一歩また一歩とこちらにむかってきたら、たぶんぼくは気絶《きぜつ》していただろう。だが、どの木も歩くことまではせず、ただ枝《えだ》をふりまわしているだけだった。

〈ふりまわしているだけ〉といっても、ぼくをビビらせるにはじゅうぶんだったけれど。

〈こうなったらもう、にげるしかない!〉

なんて思ったのはあまかった。

〈こうなったらもう、にげることもできない!〉に、すでに状況《じょうきょう》がかわっていた。

そして、すぐまた、状況《じょうきょう》がかわった。

雪原から最初《さいしょ》に出現《しゅつげん》した木のまえに、結婚《けっこん》式《しき》の花嫁《はなよめ》がきるみたいな着物《きもの》すがたの女があらわれたのだ!

もちろんそれは人間の女ではない。いくら女でも、いや、いくら美人《びじん》の女でも、人間なら、そういうあらわれかたはしないのだ。いきなりはえてきた木のまえに、これまたいきなりあらわれるなんて、人間のすることではない。それは、まちがいなく、妖怪《ようかい》のすることだ！

女の妖怪《ようかい》が立っている場所は、ぼくから五十メートルもはなれていなかっただろう。もしも、その女がオリンピックの陸上選手《りくじょうせんしゅ》なみに足がはやければ、ぼくは数秒《すうびょう》でつかまってしまう。

けれども、その女はいきなりかけだしてくるようなことはしなかった。ぼくたちをとりかこんだ木の下を時計まわりの方向《ほうこう》に、ゆっくりと、おどりながら、歩きだしたのだ。そして、女の妖怪《ようかい》が歩きはじめると、どの木も枝《えだ》をふりまわすことをやめ、動《うご》きをとめた。まるで、じっと女のおどりに見いっているかのようだった。

「ほう、なかなかの舞《ま》いだな……。」

ぼくの足もとでシロガネ丸《まる》がそういった。

ぼくには、おどりのうまいへたなどわからない。

ただ、うでをあげたりおろしたりして歩いているようにしか見えない。だが、うまいかへたかはわからなくても、そのおどりがふつうでないことは、ぼくにもすぐにわかった。

女の妖怪《ようかい》がおどりながら通りすぎると、木の枝《えだ》がぱっとピンクになった。いや、枝《えだ》の色がかわったのではない。花がさいたのだ。女の妖怪《ようかい》が下を通った瞬間《しゅんかん》、どの木も花が満開《まんかい》になった。

女の妖怪《ようかい》がぼくたちのまわりをひとまわりすると、どの木も花が満開《まんかい》になったから、ぼくたちはお花見にきて、広場のまん中に立っているようになった。

女の妖怪《ようかい》はもとの場所までもどると、こんどはぼくたちのほうにむかって歩きはじめた。そして、ぼくたちから二、三十歩さきで立ちどまった。するとそのとき、雲のきれまから、日がさし、まるでスポットライトの中に女の妖怪《ようかい》が立っているように見えた。白かと思った着物《きもの》は、さしこんだ日の光で、ピンクだということがわかった。たしかに美人《びじん》で、しかも雪女《ゆきおんな》よりもわかいようだった。とはいえ、年齢《ねんれい》をきけば、きっと何百歳《さい》かなのだろう。

　女の口がひらいた。

「そこなおのこ。いとあやしき猫《ねこ》をつれたるを見て、すさまじと思わば、身《み》にまとえる妖気《ようき》は陰陽師《おんみょうじ》なるがゆえか……？」

　ぼくはそのことばのいみがほとんどわからなかったが、すぐにシロガネ丸《まる》が通訳《つうやく》をしてくれた。

「そこの少年。あやしい猫《ねこ》をつれているところを見て、この場にふさわしくないと思ったら、妖気《ようき》がむんむんしてるのは、陰陽師《おんみょうじ》だからか……っていってるぞ。こうなったら、しょうがない。『そうだ。』って答えてやれよ。ついでになのってやれ。」

　ぼくは、いわれたとおり、

「そうだ。ぼくは陰陽師《おんみょうじ》、芦屋光《あしやひかる》！」

と答えた。

　すると、女の妖怪《ようかい》は、ピンクの着物《きもの》をはらりとぬぎすてた。だが、着物《きもの》の

下はまた着物《きもの》で、こんどは距離《きょり》も近いから、色ばかりか、もようまでわかった。それはむらさき色の地に、ピンクのさくらの花がたくさんえがかれた着《き》物《もの》だった。はばの広い帯《おび》は銀色《ぎんいろ》で、そこには金色のさくらの花のもようがあった。

ピンクの着物《きもの》をぬぐと、女の妖怪《ようかい》は帯《おび》からぬいた扇《おうぎ》をひらき、

「ならば、われも名をなのらん。わが名はさくら姫《ひめ》なり……。」

といったが、そのことばのいみはぼくにもわかった。つまり、その妖怪《ようかい》は〈さくら姫《ひめ》〉という名なのだ。

ぼくは、

「あ、さくら姫《ひめ》さんっていうお名まえなんですね。それじゃあ、きょうのところは、おたがい自己紹介《じこしょうかい》だけってことにして、これで失礼《しつれい》させていただきます。」

といいたかったのだが、ぼくがそんなことをいうまえに、さくら姫《ひめ》は、

「ほーっ、ほっほっほっほっほっほっほっ……！」

と高らかに笑《わら》い、

「ならば、ヒカル丸《まる》。われとわざくらべをいたさん！」

といった。

　もちろんぼくは、

「あの、ぼく、ヒカル丸《まる》じゃなくて、ヒカルなんですけど。丸《まる》がつくのは、ぼくじゃなくて、足もとにいる猫《ねこ》で、黄金白銀丸《こがねしろがねまる》っていうんです。でも、長ったらしい名まえだから、ぼく、シロガネ丸《まる》って、そうよんでます。」

というふうに、まちがえられた名まえを訂正《ていせい》す

るついでに、シロガネ丸《まる》を紹介《しょうかい》したりはしなかった。そんなよゆうはない。
どうやら、さくら姫《ひめ》はぼくと術《じゅつ》くらべをしようとしているのだ。
なにしろ、今見たとおり、いきなり木をはやして、しかも花を満開《まんかい》にさせてしまう術《じゅつ》のもち主《ぬし》なのだ。それにくらべて、こちらの術《じゅつ》は燕火放炎《えんかほうえん》だけだ。どう見たって、勝《か》ち目はない。

　このさい、

「ごめんなさい。きたのがまちがいでした。」

とあやまり、かえしてもらおうかと思ったが、それより早く、さくら姫《ひめ》はさっと右手の扇《おうぎ》をあげた。

たちまち、まわりの木の枝《えだ》がざわざわとゆれだし、花びらがちりはじめた。けれども、花びらはそのまま雪原にはおちず、まるですいよせられるようにして、さくら姫《ひめ》のまえにあつまると、いっきにぼくのほうにむかって、ふきつけてきた。

まさにそれは、花ふぶきだった！

もちろん、ぼくは身《み》をかわそうとしたが、ふきよせる花びらは何千何万とも数しれず、たちまちぼくとシロガネ丸《まる》はさくらの花びらだらけになってしまった。ところが、花びらだらけになったほかは被害《ひがい》はなく、それはシロガネ丸《まる》も同じようだった。

ぼくがからだについた花びらを手ではたきおとしていると、さくら姫《ひめ》がいった。

「つぎは、そちじゃ。そちのわざを見せよ……。」

ぼくはとりあえず、燕火放炎《えんかほうえん》のうちの具有直波《ぐうちょくぱ》、つまりストレー

トをやってみることにした。そこで、まだ花びらがはらはらと舞《ま》っている中で、

「燕火放炎《えんかほうえん》……、」

といってから、右手をふりあげ、

「具有直波《ぐうちょくぱ》！」

とかけ声をかけて、その手をふりおろしながら、てのひらを連続《れんぞく》して、グー、チョキ、パーの形にした。

もちろん、ぼくはさくら姫《ひめ》をおこらせて、とんでもないことにならないようにと、火の玉をさくら姫《ひめ》にぶつけないようにした。さくら姫《ひめ》ではなく、さくら姫《ひめ》の左めがけて火の玉をなげつけようとしたのだ。ところが、ぼくが、〈具有直波《ぐうちょくぱ》〉の〈具有《ぐう》〉までいったとき、とんでいた花びらの一まいがぼくの鼻《はな》のあなをふさいだ。そこで、ぼくはつい、

「うっ。」

と声をつまらせ、そのあと、〈直波《ちょくぱ》〉といったつもりなのだが、鼻《はな》のあなが

ふさがれているせいで、〈ちょくぱ〉が〈きょくぱ〉になってしまった。それで、ぜんぶ合わせると、

「燕火放炎《えんかほうえん》、具有《ぐう》、う、きょくぱ！」

という呪文《じゅもん》になり、これは漢字《かんじ》だと、

「燕火放炎《えんかほうえん》、具有右曲波《ぐううきょくぱ》！」

になってしまう。

いった瞬間《しゅんかん》、ぼくはまずいと思ったが、もうおそかった。ぼくの手からはなれた火の玉は右にカーブし、さくら姫《ひめ》の顔面《がんめん》を直撃《ちょくげき》してしまった。

さくら姫《ひめ》の顔から火の粉《こ》が舞《ま》いあがる。

その火の粉《こ》が消《き》えたとき、さくら姫《ひめ》の

顔がどうなっていたかというと、べつにやけどをしたようでもなく、ぼくはほっと安心《あんしん》した。でも、そのあとすぐ、自分の術《じゅつ》の威力《いりょく》がなくて安心《あんしん》している自分に、うんざりしてきた。

さくら姫《ひめ》はおこったようすもなく、というか、おこらないほうがかえってぶきみなのだが、もう一度扇《どおうぎ》をあげ、こんどは左右にふった。

ふたたび花がちりはじめた。だが、こんどは一か所《しょ》にあつまり、こちらにふきつけてくるようなことはなかった。そのかわり、まるで噴水《ふんすい》のように、さくら姫《ひめ》を中心にして、ふきあがっていった。

「ほう、こりゃあ、きれいだな……。」

そういったのはぼくではない。シロガネ丸《まる》だ。

空高くふきあげられた花びらが、一部《いちぶ》は上空の風にのって、どこかにとびさり、のこりははらはらと雪原にふりおりてきた。たしかにそのようすは、シロガネ丸《まる》がいったとおり、きれいだった。

　ふりおりてきた花びらがすべて雪の上におちてしまうと、さくら姫《ひめ》はいった。

「どうじゃ、美《うつく》しかろう。つぎはそちじゃ……。」

〈燕火放炎具有直波《えんかほうえんぐうちょくぱ》〉をやろうと思って、〈燕火放炎具有右曲波《えんかほうえんぐううきょくぱ》〉になってしまったのだ。いまさら、〈燕火放炎具有直波《えんかほうえんぐうちょくぱ》〉をやっても、さくら姫《ひめ》はおどろかないだろうし、〈燕火放炎具有左曲波《えんかほうえんぐうさきょくぱ》〉では、〈燕火放炎具有右曲波《えんかほうえんぐううきょくぱ》〉と、火の玉がまがる方向《ほうこう》がちがうだけだ。そこでぼくは、

「燕火放炎《えんかほうえん》……、具有乱曲波《ぐうらんきょくぱ》！」

とさけび、両手《りょうて》を、くりかえし、グー、チョキ、パーの形にして、両《りょう》うでをふりまわした。

　たちまち、ぼくの両手《りょうて》から、右や左やななめやら、文字《もじ》どおり

四方八方《しほうはっぽう》に火の玉がとんでいった。

「燕火《えんか》放炎具《ほうえんぐ》有乱《うらん》曲波《きょくぱ》！　燕火《えんか》放炎具《ほうえんぐ》有乱《うらん》曲波《きょくぱ》！　燕火《えんか》放炎具《ほうえんぐ》有乱《うらん》曲波《きょくぱ》！　燕火放炎具有乱曲波！」

ぼくは何度《なんど》も呪文《じゅもん》をくりかえし、連続《れんぞく》して、グー、チョキ、パーの手をふりまわした。

　こうなると、四方八方《しほうはっぽう》どころか、十六方三十二方、火の玉がとんでいかない方向《ほうこう》はない。

　ぼくがひとわたり火の玉をとばしおえると、こんどはさくら姫《ひめ》の番だった。さくら姫《ひめ》は扇《おうぎ》を上にあげ、左右の手で空中をかきまわすしぐさをした。

　またもや、まわりの木から、花びらがちりはじめる。ところがこんどは、花びらは一か所《しょ》にあつまらず、それぞれの木のまえにあつまった。そして、

あつまったかとおもうと、人の形になった。
さくら姫《ひめ》が舞《ま》いをはじめる。すると、人の形になった花びらのあつまりも舞《ま》いをはじめた。さくら姫《ひめ》と、花びらの舞《ま》いの上から、新しい花びらがふりそそぐ。そこに雲のきれまからさしこむ日の光があたるものだから、それはもう、見とれるしかないくらいに、きれいだった。
さくら姫《ひめ》がぼくたちのまわりを一周《しゅう》すると、花びらはどこへともなく消《き》え

ていった。

「どうじゃの……？」

さくら姫《ひめ》のことばに、おもわずぼくは拍手《はくしゅ》をしてしまった。

さくら姫《ひめ》は小さくうなずき、扇《おうぎ》をとじて、ぼくにいった。

「いまのわざでおわりじゃ。そちも、おわりのわざを見せてたもれ……。」

おわりのわざといわれても、ぼくとしては〈燕火放炎具有乱曲波《えんかほうえんぐうらんきょくぱ》〉でおわりなのだ。それ以上《いじょう》の術《じゅつ》はない。だが、〈燕火放炎具有乱曲波《えんかほうえんぐうらんきょくぱ》！〉でも、もっと呪文《じゅもん》を早口でいい、もっとスピードをあげて、グー、チョキ、パーをくりかえせば、べつの術《じゅつ》に見えるかもしれない。というか、もうそれしか手はないのだ。

ぼくは、大きく息《いき》をすってから、

「燕火《えんか》……。」

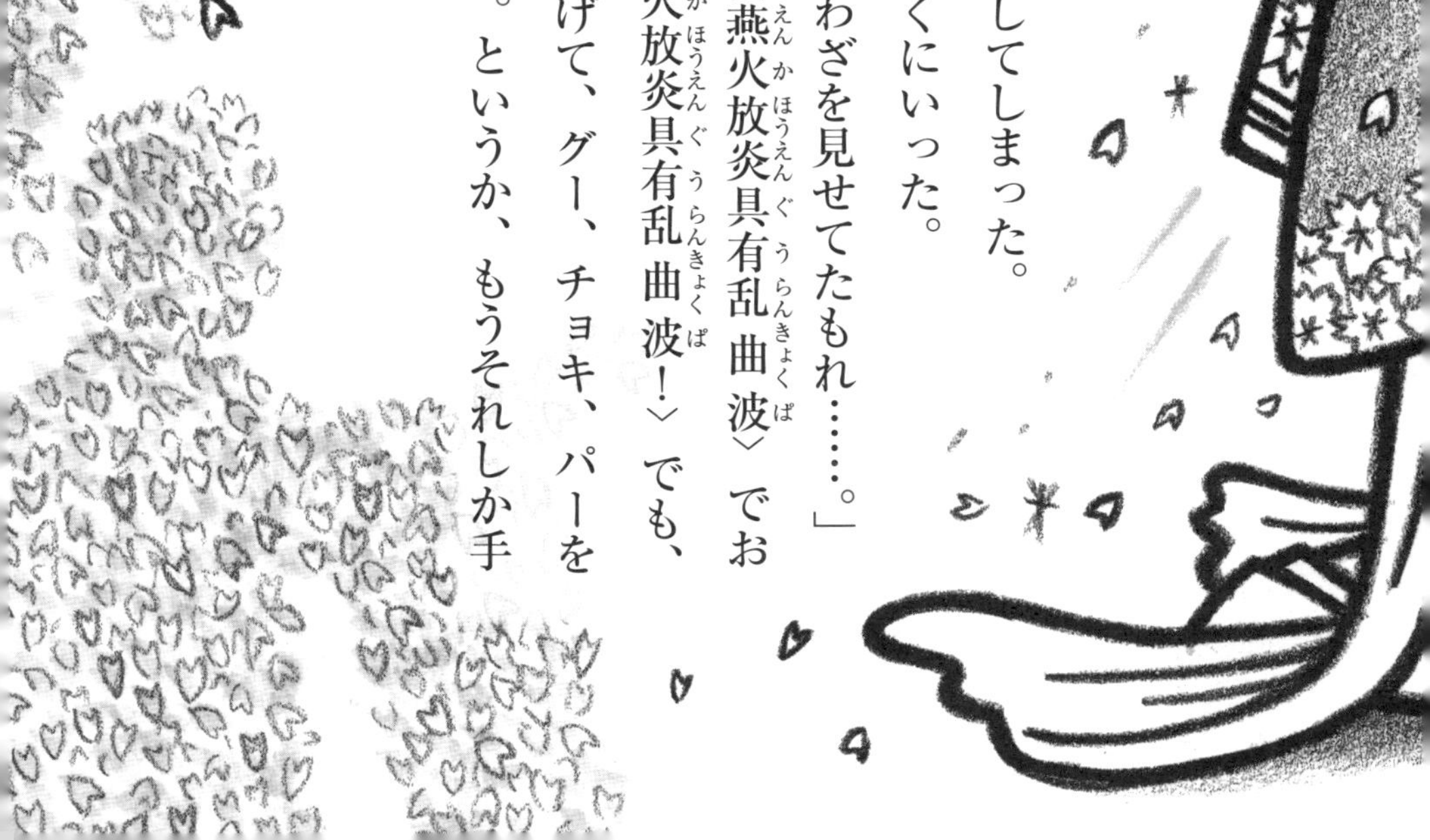

といって、両手《りょうて》をふりあげた。

だが、そのとき、シロガネ丸《まる》がいきなりぼくに声をかけてきた。

「おい、ヒカル。さっき、おまえのポケットにいくら入っていたっけ？」

ぼくは、なんで今、シロガネ丸《まる》がそんなことをいうのか、わからなかったし、術《じゅつ》のとちゅうでもあったけれど、小声で、

「千円……。」

と答えた。

すると、シロガネ丸《まる》がいいはなった。

「ヒカル！　うでをふりまわせ！　グー、チョキ、パーでふりまわせ！」

わけがわからないまま、いわれたとおり、ぼくは両《りょう》うでをふりまわしながら、てのひらで連続《れんぞく》して、グー、チョキ、パーを作った。

すると、どうだろう。ぼくの両手《りょうて》から火の玉がつづけざまにとびだしたかとおもうと、たちまち長い炎《ほのお》になった。そして、それがうずをまいて、ぼく

のまわりでぐるぐるとうねりはじめたのだ。

ぼくの足もとから、シロガネ丸《まる》がとびのいたのがわかった。

ぼくの両手《りょうて》からそれぞれ一本ずつのびている炎《ほのお》のうずが、あたりの雪原をなめつくしていく。炎《ほのお》のうずが火の粉《こ》をまきちらしていく。

いったいそれが何分つづいたのか、わからない。炎《ほのお》のうずが消《き》えると、まわりに立っていた木もすべて消《き》えていた。そして、ぼくのまえには、さくら姫《ひめ》が立っており、

「陰陽師《おんみょうじ》、ヒカル丸《まる》。いとおもしろきわざじゃ。平安《へいあん》の御世《みよ》よりこのかた、力わざのみ多き陰陽師《おんみょうじ》どものなか、そちのごとく美《うつく》しき術《じゅつ》を使《つか》いたるおのこは、いとめずらし。ここにまいりたるは、この身《み》にもうしたきことありてのことじゃろう。きいてつかわすゆえ、もうしてみよ……。」

といった。

なんでぼくの手から炎《ほのお》のうずまきが出たのか、それはぜんぜんわからなかったし、さくら姫《ひめ》のいったことも、これまたぜんぜんわかったわけではな

かったけれど、ぐうぜんできたぼくの術《じゅつ》がほめられたらしいことと、いいたいことがあるならいってみろ、といわれたことだけはわかった。

ぼくはあいての名まえに、〈様《さま》〉をつけて、

「じつはさくら姫様《ひめさま》。瀬戸内海《せとないかい》に……。」

と話をはじめたのだった。

五

雪原での話しあいとさいごまでヒカル丸《まる》だったぼく

なにしろさくら姫《ひめ》はむかしのことばを使《つか》うので、ぼくとさくら姫《ひめ》との話しあいには、シロガネ丸《まる》の通訳《つうやく》が必要《ひつよう》だった。

たとえば、ぼくが、

「瀬戸内海《せとないかい》に島があって、東神《とうじん》グループ会長の波倉四郎《なみくらしろう》というおじいさんがその島に……。」

などと話すと、シロガネ丸《まる》はそれを、

「瀬戸《せと》なる内海《うちうみ》に島ありしかば、東神《とうじん》グループが頭《かしら》たる波倉四郎《なみくらしろう》なるおきな、そこなる島に……。」

というふうになおして、さくら姫《ひめ》につたえるというふうだ。

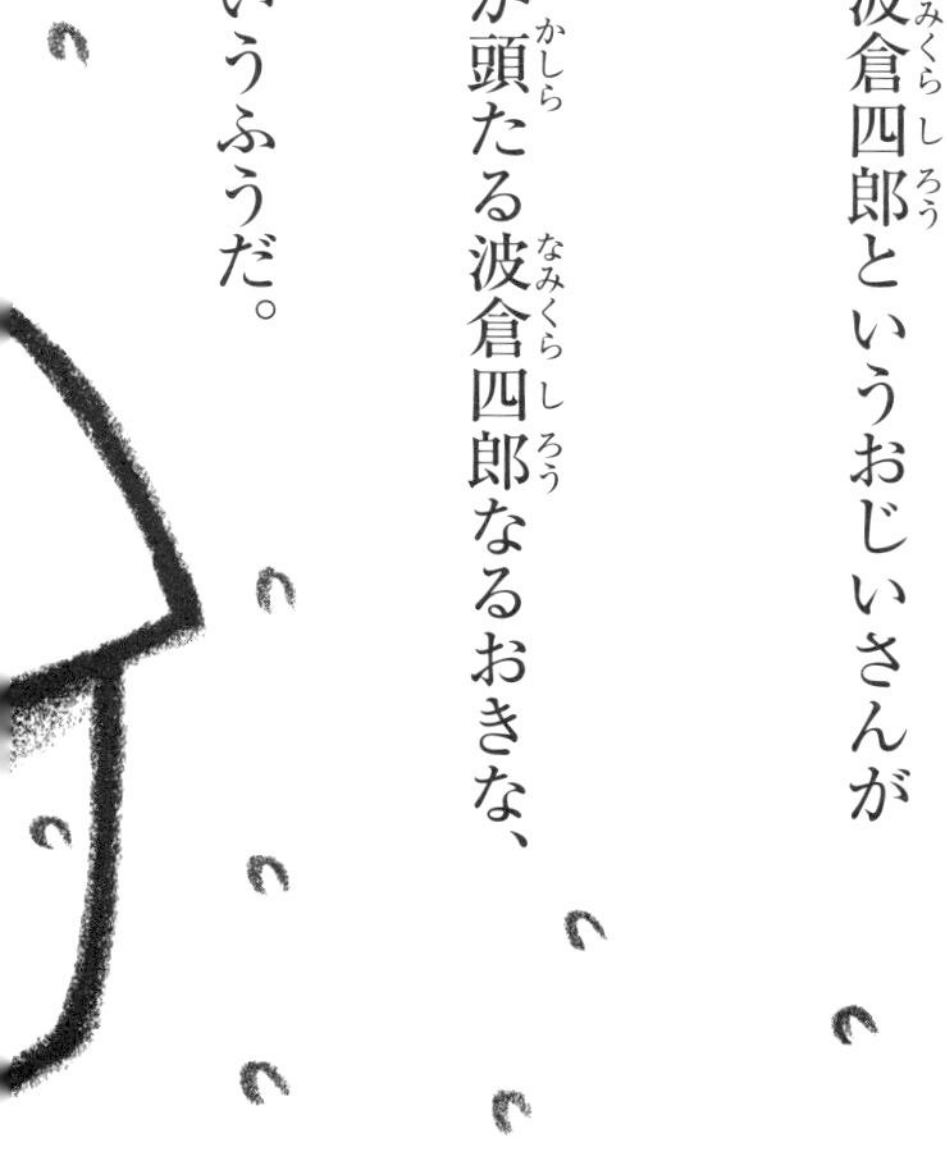

そんなふうだから、話しあいには時間がかかり、そのうち日は暮《く》れてきた。ぼくはぜんぜん寒《さむ》くないし、さくら姫《ひめ》も平気《へいき》そうだったけれど、シロガネ丸《まる》は寒《さむ》がり、通訳《つうやく》をしているあいだじゅうずっと、ぼくのダウンジャケットにくるまり、それをぼくがだっこしていた。

どうしてさくら姫《ひめ》が帯広《おびひろ》に出没《しゅつぼつ》するようになったかについて、さくら姫《ひめ》はこんなふうに話しだした。

「あやしきことありてもあやしとおぼえず、美しきを見しも、美しきを知らざるもののみになりたるこの国を去《さ》るにあたりて……。」

これは、

「あやしいことがあってもあやしいと思わず、美《うつく》しいものを見ても、その美《うつく》

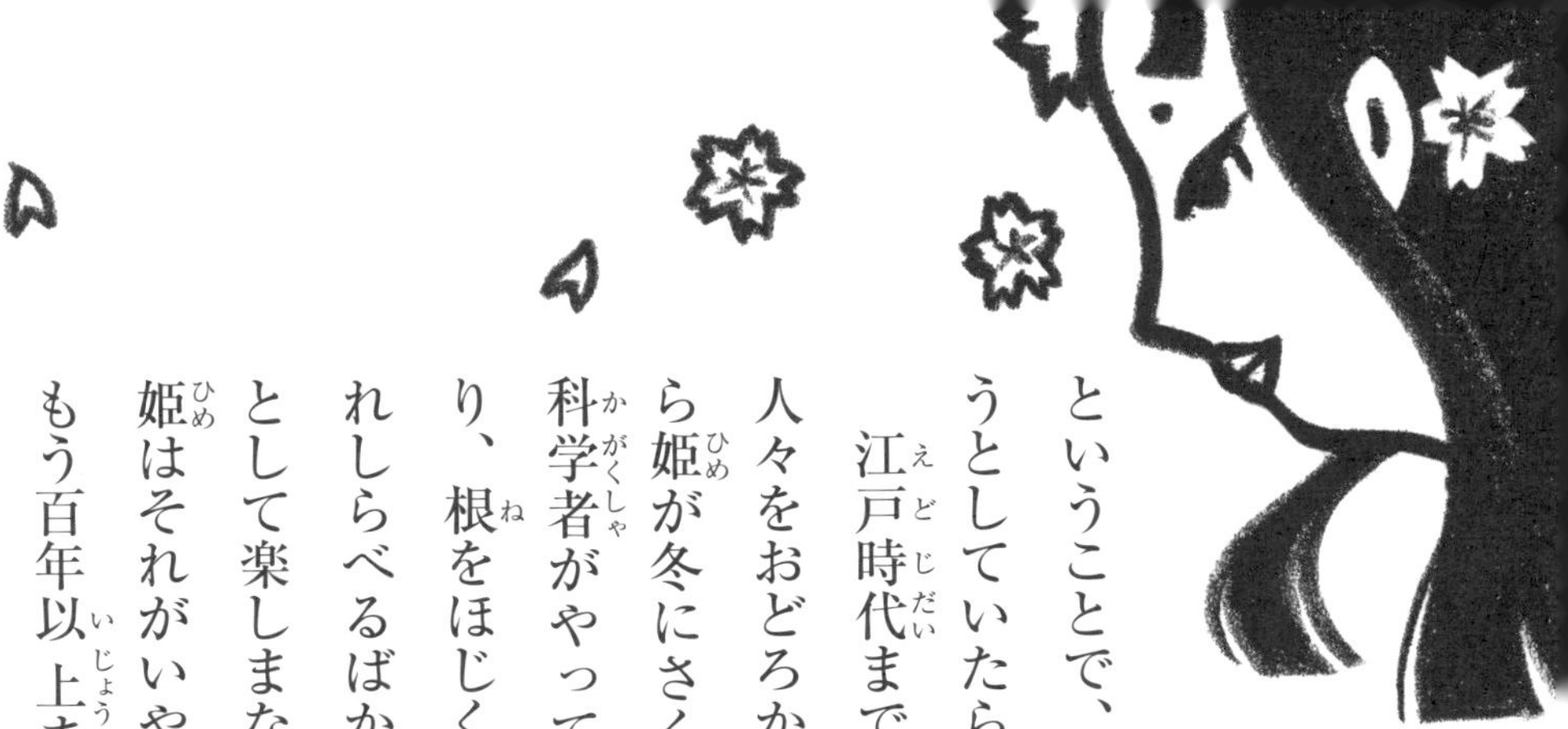

しさがわからない人間ばかりになったこの国を出ていくとき
になって……。」
ということで、つまり、さくら姫《ひめ》は、今の日本《にほん》にうんざりして、外国にいこうとしていたらしい。
江戸時代《えどじだい》まで、さくら姫《ひめ》はあちらこちらで季節《きせつ》はずれのさくらをさかせ、人々をおどろかしたり、よろこばせてきたのだが、明治時代《めいじじだい》になると、さくら姫《ひめ》が冬にさくらをさかせようものなら、科学者《かがくしゃ》がやってきて、さくらの枝《えだ》をおったり、根《ね》をほじくりかえしたりして、あれこれしらべるばかりで、それをふしぎなこととして楽しまなくなってしまった。さくら姫《ひめ》はそれがいやで、
もう百年以上《いじょう》まえ

から、人まえにはあらわれなくなったそうなのだ。それで、あちらこちらの山おくで季節《きせつ》はずれのさくらをさかせて、ひとりで楽しんでいたのだが、ひとりで楽しむだけでは、だんだんつまらなくなり、まだふしぎや美《うつく》しさのわかる人々の住《す》む国を見つけて、ひっこそうとしていたのだ。そして、これが日本《にほん》さいごというわけで、帯広《おびひろ》をえらび、術《じゅつ》を披露《ひろう》することにしたという。

なぜ、帯広《おびひろ》なのかというと、さくら姫《ひめ》がいうには、帯広《おびひろ》という地名が日本《にほん》でいちばん美《うつく》しい地名だからだそうだ。その点については、ぼくは理解《りかい》できなかったが、さくら姫《ひめ》の着物《きもの》の帯《おび》を見ると、ふつうの帯《おび》よりずいぶんはばが広いから、そのことと関係《かんけい》があるかもしれない。たぶん、さくら姫《ひめ》ははばの広い帯《おび》がすきだから、帯広《おびひろ》という地名もすきなだけだろう。

さくら姫《ひめ》は外国に移住《いじゅう》するために、英語《えいご》の勉強《べんきょう》をしたようで、現代《げんだい》の日本《にほん》語《ご》は話せなくても、英語《えいご》は話せるということだった。五日ごとに出没《しゅつぼつ》し、出《しゅっ》没地《ぼっち》をむすぶと五角形になるようにしたのは、そのこととかかわりがある。

外国にいくの〈いく〉は英語《えいご》では、〈go《ゴー》〉で、これをローマ字読みすると、〈ご〉、つまり〈五〉となる。ようするに、もう外国にいくからといういみと五をかけていたのだ。

　まあ、そんなようなわけで、瀬戸内妖怪島《せとうちようかいとう》のことを話したら、さくら姫《ひめ》は大乗《おおの》り気になってくれた。瀬戸内妖怪島《せとうちようかいとう》にくるお客《きゃく》は、ふしぎなことをふしぎとして楽しみにくるのだし、さくら姫《ひめ》の術《じゅつ》を見れば、その美《うつく》しさに拍手喝《はくしゅかっ》采《さい》するにきまっている。

　ただし、さくら姫《ひめ》は、自動車《じどうしゃ》やら飛行機《ひこうき》やらという現代《げんだい》の乗《の》り物はいやだから、自分で瀬戸内妖怪島《せとうちようかいとう》にいくというのが条件《じょうけん》だった。

　それから、さくら姫《ひめ》はもうひとつ条件《じょうけん》を出した。自分は美《うつく》しいものがすきだから、島のいちばんけしきのきれいなところに住《す》みたいというのだ。それなら、いちばんながめのいい山のてっぺんではどうか、と提案《ていあん》したら、それでいいということだった。

瀬戸内妖怪島《せとうちようかいとう》のいちばん高い山の上でさくらがさけば、海《うみ》からも見えて、きっときれいだろう。

「さようなれば、陰陽師《おんみょうじ》ヒカル丸《まる》。あくる正月までには、うつり住《す》むゆえ、心やすらかに年をこされん……。」

さくら姫《ひめ》はさいごにそういって、雪原から消《き》えた。

そういうことなら、お正月までにはひっこすから、おまえは安心《あんしん》して新年をむかえてくれ、ということらしい。

そうそう、ぼくたちが術《じゅつ》くらべをした雪原は、携帯《けいたい》電話の圏外《けんがい》ではなく、ちゃんと圏内《けんない》だった。それで、ぼくたちは国道まで歩かずにすみ、むかえにきてくれた4W《ダブリュ》D《ディー》車でホテルにもどることができた。

それから、どうしていきなりぼくの手から出た火がうずまきになったのかについては、ホテルにもどってから、シロガネ丸《まる》はぼくにこういった。

「あの場合、どうしたって、おまえは新しい術《じゅつ》を見せなくちゃならなくなってたよな。だけど、新しいといったって、せいぜい燕火放炎《えんかほうえん》の応用《おうよう》で、火の形をかえるくらいしかできないだろ。そうなると、〈放炎《ほうえん》〉の〈放《ほう》〉を何かほかのにかえてみたらどうかって、おれはとっさに思ったわけだ。そのとき、おまえのポケットから、千円札《さつ》のはじっこがちらりと見えたんだ。それで、〈千円〉の〈円〉を〈ほのお〉の〈炎《えん》〉にして、〈千〉の

ほうを、つむじ風っていういみの〈旋風《せんぷう》〉の〈旋《せん》〉にしたら、〈旋炎《せんえん》〉、つまり、ぐるぐるまわる火っていうことになって、こりゃあもしかして使《つか》えるなって、そんなふうに思いついたわけだよ。でも、あのとき、それをいちいちおまえに説明《せつめい》している時間はなかったから、

『おまえのポケットにいくら入っていたっけ？』

ってきいたわけだ。そうすれば、おまえが、

『千円。』

って答えると思ってさ。まあ、手の形はグー、チョキ、パーじゃあ、いみがないけど、ぜんぜん手を動《うご》かさないよりはいいと思って、おまえに、やらせてみたってわけだ。こんどやるときは、ちゃんとつむじ風の炎《ほのお》をイメージして、〈燕火旋炎《えんかせんえん》〉の呪文《じゅもん》をとなえ、手をぐるぐるまわせば、もっとすごい炎《ほのお》のうずまきが出るかもな。まあ、新しい術《じゅつ》ができたのは、おまえのママがポケットに入れてくれた千円札《さつ》のおかげだから、飛行機《ひこうき》の携帯《けいたい》ストラップなん

て買《か》わないで、ママにおみやげを買《か》ったほうがいいんじゃないか。」
つぎの日の朝、ぼくとシロガネ丸《まる》は、きたときと同じ飛行機《ひこうき》で東京《とうきょう》にかえった。母さんには、帯広《おびひろ》の空港《くうこう》で、〈帯広《おびひろ》ミルク饅頭《まんじゅう》〉というのをおみやげに買《か》った。値段《ねだん》は千円でちょうどよかったけれど、おみやげを見て、ぼくが帯広《おびひろ》にいったことがわかったらしく、母さんはちょっとおどろいていた。でも、何をしにいったのか、ぼくはぜんぜんきかれなかった。

「これって、放任主義《ほうにんしゅぎ》かな。」

ぼくがシロガネ丸《まる》にそういうと、シロガネ丸《まる》は、

「じゃ、こんど、〈燕火放任《えんかほうにん》〉っていうのをやってみるか。手から出た火をほうっておいて、すきかってにさせるっていうのなんかどう？」

といった。

それはかなり問題《もんだい》があると、ぼくは思う。

河童《かっぱ》

一

深夜《しんや》の不審者《ふしんしゃ》

午前一時、しいんとしずまりかえった長いろうかを歩いていく。まどの外では、雪がふりしきっている。ろうかのつきあたりは、大きなくもりガラスのドア。そのドアをぼくはおしあけた……。

ここは、東神箱根《とうじんはこね》ホテル地下一階《かい》。地下一階《かい》といっても、ホテルは山の斜《しゃ》面《めん》にたっているので、谷のほうから見れば、地上一階《かい》に見える。その階《かい》に、谷川に面して、露天風呂《ろてんぶろ》つきの大浴場《だいよくじょう》がある。

がらんとした脱衣所《だついじょ》には、人っ子ひとりいない。大浴場《だいよくじょう》の入浴《にゅうよく》時間は、朝六時から午前零《れい》時までなのだ。

北海道《ほっかいどう》からかえったつぎの日、ぼくあてに、波倉《なみくら》会長からの速達便《そくたつびん》がとどいた。なかには、東神箱根《とうじんはこね》ホテルへの招待状《しょうたいじょう》が入っており、父さんと母さんとぼくの三人で、温泉《おんせん》にいらっしゃいと書いてあった。

もちろん、母さんは大よろこびだった。父さんはといえば、父さんの会社は東神鉄道《とうじんてつどう》ととりひきがあって、そのとりひきがなくなったら、三日で倒産《とうさん》という会社だから、波倉四郎《なみくらしろう》会長によばれて出かけるとなると、これは会社を休んだことではなく、出張《しゅっちょう》というあつかいになる。

ところが、速達便《そくたつびん》には招待状《しょうたいじょう》だけではなく、妖怪《ようかい》の捕獲依頼《ほかくいらい》カードが入っていたのだ。

捕獲依頼《ほかくいらい》

妖怪名《ようかいめい》：河童《かっぱ》

特徴《とくちょう》：すもうが強い。

最終目撃地《さいしゅうもくげきち》：神奈川県箱根町《かながわけんはこねまち》
(東神箱根《とうじんはこね》ホテル大浴場《だいよくじょう》)

ぼくが波倉《なみくら》会長に電話をしてきいてみると、箱根東神《はこねとうじん》ホテルの総支配人《そうしはいにん》からの報告《ほうこく》があり、大浴場《だいよくじょう》に不審者《ふしんしゃ》があらわれるという。波倉《なみくら》会長が目撃者《もくげきしゃ》のそうじがかりの人にあって、直接《ちょくせつ》話をきいてみると、その不審者《ふしんしゃ》は大浴場《だいよくじょう》がしまったあとにあらわれ、頭に皿《さら》を乗《の》せ、からだが緑色《みどりいろ》だという。

「わたしがいくと、すぐにげてしまうのですが、うしろすがたが、まるで河童《かっぱ》みたいなのです。」

そうじがかりの人はそういったそうだが、波倉《なみくら》会長はぴんときたという。それは、まるで河童《かっぱ》みたいなのではなく、河童《かっぱ》そのものだ……と。

そんなわけで、もうすぐおおみそかという日の深夜《しんや》、ぼくはシロガネ丸《まる》をつれて、東神箱根《とうじんはこね》ホテルの大浴場《だいよくじょう》のドアをおしあけたのだった。

二 出鼻《でばな》をくじかれたぼくと河童《かっぱ》のすきなもの

脱衣所《だついじょ》をよこぎり、浴場《よくじょう》に出るドアをあけようとしたところで、シロガネ丸《まる》が小声でぼくにいった。

「おまえ。服《ふく》をきてちゃまずい。そうじがかりの人とまちがえられ、河童《かっぱ》ににげられてしまうぞ。ここは、ホテルのふつうのお客《きゃく》のふりをして、はだかで入ったほうがいい。河童《かっぱ》が油断《ゆだん》する。」

「はだかになるのはかまわないけど、河童《かっぱ》って、ほんとうにすもうがすきなのか？　こっちが勝《か》ったら、こっちのいいなりになるかな。」

ぼくがしゃがみこみ、小さな声でそういうと、シロガネ丸《まる》はうなずいた。

「なる！　だが、すもうをとるまえに、ちゃんと約束《やくそく》をしろ。勝《か》ったら、い

うことをきくようにってな。そのかわり、こっちが負《ま》けたら、むこうがのぞむものをやるっていえばいい。」

作戦《さくせん》はもう何度《ど》もシロガネ丸《まる》からきいていた。河童《かっぱ》はきゅうりののりまき、かっぱまきが大すきだということだ。たぶん、こっちが負《ま》けても、かっぱまきをおごってやれば、それでオーケーだろう。

ぼくはうなずいて立ちあがり、はだかになった。そして、そなえつけのタオルをこしにまき、浴場《よくじょう》に出るドアをあけた。だが、そこには河童《かっぱ》はいなかった。ぼくは、浴場《よくじょう》をよこぎり、さらにおくへと進《すす》んだ。いちばんおくに、もうひとつガラスのドアがある。ぼくはそのドアをおしあけた……。

いた！　露天風呂《ろてんぶろ》にかたまでつかったうしろすがたを見れば、せなかにこうらがある。頭は皿《さら》のようにはげている。河童《かっぱ》にちがいない！

ぼくが入ってきたことに気づいたのだろう。河童《かっぱ》がふりむいた。

緑色《みどりいろ》の顔は目が大きく、鼻《はな》は低《ひく》い。口はまるで鳥のくちばしのようだった。

その口がひらいて、低《ひく》いことばがもれた。

「にげぬところを見ると、いつものそうじがかりではないな……。」

最初《さいしょ》から、どうも話がちがう。波倉《なみくら》会長がいうには、そうじがかりの人とあうと、河童《かっぱ》がにげたことになって

いる。出鼻《でばな》をくじかれるというのは、こういうことをいうのだろう。作戦《さくせん》では、河童《かっぱ》がにげるところをよびとめて、

「まて！　こっちは子どもだ。にげるとはひきょうだぞ。ひと勝負《しょうぶ》、すもうをとろう！」

といい、あいてがすもうをとる気になったら、

「おまえが勝《か》ったら、すきなものをやる。そのかわり、こっちが勝《か》ったら、なんでもいうことをきけ！」

といいはなつことになっているのだ。

　ところがこちらがもたもたしているうちに、同じようなせりふをさきにあいてにいわれてしまった。河童《かっぱ》は湯船《ゆぶね》で立ちあがると、こういったのだ。

「いくら子どもでも、どうやら男のようだから、いっちょう、すもうをとらないか。おまえが勝《か》ったら、おれはおまえのけらいになってやる。そのかわり、おれが勝《か》ったら、おれのほしいものをよこせ！」

「いいとも！」

ぼくはそう答えてから、いいたした。

「かっぱまきなんか、ホテルの和食《わしょく》レストランで何人前でも食べさせてやる。」

「かっぱまきだと？」

河童《かっぱ》はいくらか首をかしげると、

「かっぱまきもなかなかだが、そんなものは、わざわざ人間とすもうをとらなくても、そこいらのコンビニで売っている。おれがほしいのは、おまえのしりのあなだ！」

「えーっ！　おしりのあなって……。」

おもわずぼくは声をあげ、シロガネ丸《まる》の顔を見た。

「へえ……。河童《かっぱ》が人間のしりのあなを食べるっていうのは、ほんとうだったのかあ。」

シロガネ丸《まる》は半分あきれたように、そして、半分感心《かんしん》したようにそういった。

「ほんとうだったのかって、シロガネ丸《まる》は知ってたのか?」

早口でぼくがそういうと、シロガネ丸《まる》は答えた。

「知ってたっていえば知ってたが、まさか、ほんとうだとは思ってなかったな。しりのあなを食べたがるなんて、そんなの信《しん》じられるか?」

「し、信《しん》じられるかって、そ、そんな! どうするんだよ。すもうに負《ま》

けたら、おしりのあなを食べられちゃうんだよ……。」

ぼくが泣《な》きそうになったところで、河童《かっぱ》がいった。

「何をごちゃごちゃいってるんだ。しりのあなのひとつやふたつがなんだ！　男なら、男らしく勝負《しょうぶ》しろ！」

「ひとつやふたつって、ひとつしかないんですけど……。」

ぼくはつぶやくようにそういった。すると、河童《かっぱ》はあたりまえみたいに、いいはなった。

「ひとつでもふたつでも同じことだ。どうせ人間は河童《かっぱ》にしりのあなを食われれば、命《いのち》をおとすことになるのだからな！」

「えーっ！」

とあとずさりするぼくに、シロガネ丸《まる》は、

「だいじょうぶだ。ようするに勝《か》てばいいだけのことさ。作戦《さくせん》どおりやれば、かならず勝《か》てる！」

と断言《だんげん》してから、大声をはりあげた。

「はっけよいのこったーっ！」

河童《かっぱ》が湯船《ゆぶね》からザブンと
とびだしてくる。

「わーっ！」

とにげだそうとするぼくのこしから夕オルがおちる。でも、そんなことは気にしていられない。ぼくは、ドアにむかってかけだした。だが、ぼくがドアのとってをつかむより早く、河童《かっぱ》がぼくに追《お》いついた。たちまちぼくは、うしろから河童《かっぱ》にだきつかれてしまったのだった。

三

ぎゃくさばおり状態《じょうたい》からの起死回生《きしかいせい》

シロガネ丸《まる》の予想《よそう》では、すもうがはじまったら、河童《かっぱ》はぼくにだきつき、さばおりの体勢《たいせい》に入るだろうということだった。さばおりというのは、まえからあいてにだきついて、両《りょう》うでをしめあげ、あいてをのけぞらせるわざだ。うしろからだきついたのでは、さばおりにはならない。ぎゃくさばおり状態《じょうたい》だ。だが、だきつかれたほうは、まださばおりのほうがいい。そのままのしかかられたら、すぐにおしたおされてしまう。

案《あん》の定《じょう》、河童《かっぱ》はうしろからのしかかるように、ぼくにおおいかぶさってきた。

「はっけよい！　のこった、のこった！　あきらめるなヒカル山！　作戦《さくせん》どおりにやれば、勝《か》つ！」

足もとで、シロガネ丸《まる》がわめいている。

ちょっとかっこうはちがったが、こうなったら作戦《さくせん》どおりやるしかない。

ぼくはころびそうになりながらも、両手《りょうて》を高くあげ、いいはなった。

「燕火旋炎《えんかせんえん》！」

ウワン！

うなるような音をあげて、ぼくの両手《りょうて》から炎《ほのお》がふきだし、たちまちうずになる。そして、そのうずが河童《かっぱ》の頭をかすめたとき、勝負《しょうぶ》はついた。

ぼくにだきついたまま、河童《かっぱ》がのけぞった。河童《かっぱ》の両《りょう》うでがだらりと下にたれる。

ぼくは河童《かっぱ》のうでからのがれ、ふりむいた。河童《かっぱ》がふらふらとよろめいていく。

「ヒカル。たいあたりしろ！」

シロガネ丸《まる》にいわれたとおり、ぼくは河童《かっぱ》にたいあたりした。

よろりと河童《かっぱ》はかたむき、そのままうしろむきにひっくりかえった。

起死回生《きしかいせい》！　勝負《しょうぶ》はぼくの勝《か》ちだった。

たおれて、目をぐりぐりさせている河童《かっぱ》に、ぼくはいった。

「約束《やくそく》だ。ぼくのいうことをきいてもらう。瀬戸内妖怪島《せとうちようかいとう》にひっこしてもらう。だが、そのまえに、これに入ってもらおうか。」

ぼくはポケットに手を入れて、封怪函《ふうかいかん》をとりだそうとしたが、ズボンどころかパンツもはいていなかったのだ。だが、さすがにシロガネ丸《まる》、いつのまに脱衣所《だついじょ》のぼくのズボンからもってきたのか、口に封怪函《ふうかいかん》をくわえていた。

ぼくはシロガネ丸《まる》から封怪函《ふうかいかん》をうけとると、ふたをあけて、さけんだ。

「封怪函《ふうかいかん》、河童《かっぱ》収函《しゅうかん》！」

あっというまもなく、河童《かっぱ》は封怪函《ふうかいかん》にすいこまれていった。

ぼくがすぐにふたをすると、シロガネ丸《まる》がじまんそうにいった。

「ほらな。作戦《さくせん》どおりにやれば、勝《か》っていったろうが。」

シロガネ丸《まる》がいうには、河童《かっぱ》には弱点《じゃくてん》があり、お皿《さら》のようになっている頭がかわくと、力がなくなってしまうのだそうだ。ぼくの手から出る火は、こ

のごろパワーアップしているし、それに、新しくマスターした燕火旋炎《えんかせんえん》はぼくを中心にぐるぐるまわるから、接近戦《せっきんせん》に強いのだ。河童《かっぱ》の頭は、ぼくの燕火旋炎《えんかせんえん》で、たちまちかわいてしまったというわけなのだった。

つぎの日、うちにかえってきてから、ぼくは自分のへやで、封怪函《ふうかいかん》から河童《かっぱ》を出した。封怪函《ふうかいかん》から出てくると、河童《かっぱ》は両手《りょうて》をゆかについて、ぼくにふかぶかとおじぎをして、

「約束《やくそく》どおり、けらいにならせていただきます。これより、あなた様《さま》の式神《しきがみ》として、滅私奉公《めっしぼうこう》の精神《せいしん》ではたらかせていただきます。」

といった。

ところがぼくが何かいうまえに、シロガネ丸《まる》が河童《かっぱ》にいった。

「式神《しきがみ》はおれひとりでじゅうぶんだ。おまえに

は、瀬戸内妖怪島《せとうちようかいとう》にいってもらう。」

そのあと、ぼくは河童《かっぱ》に瀬戸内妖怪島《せとうちようかいとう》の説明《せつめい》をした。すると、河童《かっぱ》は、

「その島で人間たちをおどかしたりするだけでいいなら、よろこんでさせていただきますが、それについちゃあ、ひとつおねがいがあるんですが……。」

といった。

「人間のおしりのあななら、だめだよ。」

ぼくのことばに、河童《かっぱ》は答えた。

「そんなぜいたくはいいませんよ。でも、その島ではたらくからには、食事《しょくじ》は出るんですよね。だったら、かっぱまき食べほうだいってことにしてほしいんですが。」

「そんなことなら、だいじょうぶだと思うよ。」

ぼくがそう答えたところで、河童《かっぱ》が瀬戸内妖怪島《せとうちようかいとう》に住《す》むことがきまったのだった。

瀬戸内妖怪島《せとうちようかいとう》には、何か所《しょ》か、池や沼《ぬま》がある。まん中に小島がある島東部《とうぶ》の池がいいのではないだろうか。小島に小さな家をたてて、そこに河童《かっぱ》に住《す》んでもらえば、プールつきの家に住《す》むようなものだから、河童《かっぱ》に気にいってもらえるだろう。

そうそう、しっかり話がきまってから、もしかしてとぼくが思ったことがある。

それは、なぜ河童《かっぱ》が東神箱根《とうじんはこね》ホテルにあらわれたかということだ。どうやら、河童《かっぱ》はもともとあのあたりに住《す》んでいたらしいのだが、温泉《おんせん》のあるホテルや旅館《りょかん》は近くにたくさんある。それをよりによって、東神箱根《とうじんはこね》ホテルにあらわれたのはなぜだろうか？

妖怪《ようかい》には妖怪《ようかい》の連絡網《れんらくもう》があるのだろう。もしかして河童《かっぱ》は、東神《とうじん》グループの波倉四郎《なみくらしろう》会長の瀬戸内妖怪島構想《せとうちようかいとうこうそう》を知り、自分もそこに住《す》みたいと思ったのではないだろうか。それで、わざわざ東神箱根《とうじんはこね》ホテルにあらわれ、ぼくをおびきよせて戦《たたか》い、わざと負《ま》けたのではないだろうか。

ぼくは、なんだかそんな気がするのだ。

それから、あとでそうじがかりの人が白状《はくじょう》したところによると、河童《かっぱ》と出くわして、にげたのは、そうじがかりの人だったらしい。波倉《なみくら》会長はしごとにはきびしい人なのだが、今回はその人をやめさせたりはしなかったようで、ぼくはひとまず安心《あんしん》した。

瀬《せ》戸《と》内《うち》妖《よう》怪《かい》島《とう》
七里《しちり》わらぐつ
階段《かいだん》でくたびれた
お客《きゃく》さんを上まで
はこぶ。
戦国《せんごく》荒《あら》武者《むしゃ》幽霊《ゆうれい》
島中《しまじゅう》をさまよいあるき、
お客《きゃく》さんをおどかす。
河童《かっぱ》
池からあらわれ、
お客《きゃく》さんを
おどかす。
すもうもする。
百目《ひゃくめ》
監視《かんし》カメラの
役目《やくめ》をする。
さとり
人の考えを読んで、
テーマパークの
警備《けいび》をする。
くんでの
ポンプ井戸《いど》
お客《きゃく》さんの
飲《の》み物係《がかり》。
幽霊船《ゆうれいせん》
テーマパークへ
お客《きゃく》さんをはこぶ。

北
西
東
南
さくら姫《ひめ》
島《しま》のどこからでも
見える山の
てっぺんを
美《うつく》しくかざる。
赤目長耳《あかめながみみ》
寒《さむ》くなったお客《きゃく》さんを
耳でくるんで
あたためる。
妖怪《ようかい》フクロウ
金剛丸《こんごうまる》
島《しま》でまよったお客《きゃく》さんを
みつけて案内《あんない》する。

著者紹介　**斉藤　洋**（さいとう　ひろし）
1952年、東京に生まれる。現在、亜細亜大学教授。『ルドルフとイッパイアッテナ』（講談社）で第27回講談社児童文学新人賞受賞。『ルドルフともだちひとりだち』（講談社）で第26回野間児童文芸新人賞受賞。路傍の石幼少年文学賞受賞。『ベンガル虎の少年は……』「なん者・にん者・ぬん者」シリーズ、「ナツカのおばけ事件簿」シリーズ（以上あかね書房）など作品多数。

画家紹介　**大沢幸子**（おおさわ　さちこ）
1961年、東京に生まれる。東京デザイナー学院卒業。児童書の挿絵の作品に「なん者・にん者・ぬん者」シリーズ（あかね書房）、『おむすびころころ　かさじぞうほか』（講談社）、『まんてん小がっこうのびっくり月ようび』（ＰＨＰ研究所）、絵本の作品に『びっくりおばけばこ』（ポプラ社）、旅行記に『モロッコ旅絵日記　フェズのらくだ男』（講談社）などがある。

妖怪ハンター・ヒカル・4

花ふぶきさくら姫

発行　2007年４月25日　初版発行

著者　**斉藤 洋**
画家　**大沢幸子**
発行者　**岡本雅晴**
発行所　**株式会社あかね書房**
東京都千代田区西神田3-2-1 〒101-0065
電話　03-3263-0641(代)
印刷所　**錦明印刷株式会社**
製本所　**株式会社難波製本**

NDC 913　99p　22cm
ISBN 978-4-251-04244-6